gli Adelphi
38

Joseph Roth (1894-1939) fu ufficiale dell'esercito austriaco nella Grande Guerra, giornalista (a partire dal 1918) e romanziere. Nel 1933 l'avvento del nazismo lo costrinse ad abbandonare la Germania, dove viveva. Morì a Parigi. La sua opera si dispone naturalmente su due versanti: da un lato l'epos del tramonto asburgico, dall'altro quello della dispersione dell'ebraismo orientale. Di questo secondo filone, *Giobbe* è senza dubbio l'esemplare più celebre, più riccamente articolato e più potente. Pubblicato a Berlino nel 1930, il romanzo fu subito accolto come un successo internazionale.

JOSEPH ROTH

Giobbe

Romanzo di un uomo semplice

ADELPHI EDIZIONI

TITOLO ORIGINALE:
Hiob
Roman eines einfachen Mannes

Traduzione di Laura Terreni

I edizione *gli Adelphi*: giugno 1992
IV edizione *gli Adelphi*: febbraio 1997

ISBN 88-459-0915-8

PARTE PRIMA

I

Molti anni fa viveva a Zuchnow un uomo che si chiamava Mendel Singer. Era devoto, timorato di Dio e simile agli altri, un comunissimo ebreo. Esercitava la semplice professione del maestro. Nella sua casa, che consisteva tutta in un'ampia cucina, faceva conoscere la bibbia ai bambini. Insegnava con onesto zelo e senza vistosi successi. Migliaia e migliaia prima di lui avevano vissuto e insegnato nello stesso modo.

Insignificante come la sua esistenza era il suo viso pallido. Una grande barba di un nero simile a quello degli altri lo incorniciava tutto. La bocca era coperta dalla barba. Gli occhi erano grandi, neri, torpidi e mezzo nascosti da palpebre pesanti. Sulla sua testa stava un berretto nero di reps di seta, una stoffa con la quale si fanno talvolta cravatte fuori moda e a buon mercato. Il corpo era infilato nell'usuale caffettano ebraico di media lunghezza, le cui falde svolazzavano quando Mendel Singer andava svelto per la via e battevano con un colpo d'ala secco e regolare sui gambali degli stivaloni di cuoio.

Singer sembrava aver poco tempo e tutte mete urgenti. Certamente la sua vita era una perpetua fatica e alle volte perfino un tormento. Doveva vestire e sfamare una moglie e tre bambini. (Un quarto era in arrivo). Dio aveva concesso fertilità ai suoi lombi, equanimità al suo cuore e povertà alle sue mani. Non avevano oro da pesare, né banconote da contare. Eppure la sua vita continuava a scorrere alla meglio, come un povero piccolo ruscello fra magre sponde. Ogni mattina Mendel ringraziava Dio per il sonno, per il risveglio e il giorno nascente. Quando il sole tramontava, pregava un'altra volta. Quando spuntavano le prime stelle, pregava per la terza volta. E prima di mettersi a dormire, bisbigliava una frettolosa preghiera con labbra stanche ma fervide. Il suo sonno era senza sogni. La sua coscienza era pura. La sua anima era casta. Non aveva da pentirsi di nulla e nulla c'era ch'egli bramasse. Amava sua moglie e prendeva piacere alla sua carne. Con sano appetito consumava in fretta i pasti. I suoi due bambini, Jonas e Schemarjah, li picchiava se disobbedivano. Ma la più piccola, Mirjam, l'accarezzava spesso. Aveva i suoi capelli neri e i suoi occhi neri, torpidi e dolci. Le sue membra erano delicate, le giunture fragili. Una giovane gazzella.

A dodici scolari di sei anni egli insegnava a leggere e a imparare a memoria la bibbia. Ciascuno dei dodici gli portava ogni venerdì venti copechi. Erano le uniche entrate di Mendel Singer. Aveva solo trent'anni, ma le sue prospettive di guadagnare di più erano minime, forse addirittura inesistenti. Come gli scolari crescevano, andavano da altri maestri più sapienti. La vita rincarava di anno in anno. I raccolti diventavano sempre più scarsi. Le carote rimpicciolivano, le uova erano vuote, le patate gelate, le minestre acqua, le carpe striminzite e i lucci piccoli, le anatre magre, le oche dure e i polli un niente.

Così suonavano le lagnanze di Deborah, la moglie di Mendel Singer. Era una donna e qualche volta aveva il diavolo addosso. Occhieggiava le proprietà dei benestanti e invidiava i guadagni della gente di commercio. Era troppo tapino Mendel Singer ai suoi occhi. Gli rimproverava i bambini, la gravidanza, il carovita, i bassi onorari e spesso perfino il brutto tempo. Il venerdì lavava il pavimento finché diventava giallo come zafferano. Le sue larghe spalle ballavano su e giù ritmicamente, le forti mani strofinavano le assi in lungo e in largo, una per una, e le unghie passavano lungo i correntini e negli interstizi raschiando via il sudicio che le ondate del mastello annientavano definitivamente. Come una grossa montagna, mobile e poderosa, andava carponi per la stanza vuota tinta in azzurro. Fuori, davanti alla porta, i mobili prendevano aria, il letto di legno marrone, i paglericci, un tavolo piallato, due panche lunghe e strette, semplici assi orizzontali inchiodate ciascuna su due verticali. Non appena il primo crepuscolo alitava alla finestra, Deborah accendeva le candele nei candelieri di alpacca, si copriva il viso con le mani e pregava. Suo marito arrivava nel suo abito nero di seta, il pavimento gli splendeva incontro, giallo come sole fuso, il suo viso riluceva più bianco del solito, più nera che nei giorni feriali s'abbuiava anche la barba. Si sedeva, intonava un canto, poi genitori e figli sorseggiavano la minestra calda, sorridevano ai piatti e non dicevano una parola. Il calore saliva nella stanza. Si levava dalle pentole, le scodelle, i corpi. Le candele da pochi soldi nei candelieri di alpacca non resistevano, cominciavano a piegarsi. Sulla tovaglia rosso mattone a quadri azzurri gocciolava stearina e in un attimo si rapprendeva. Veniva spalancata la finestra, le candele si rinfrancavano e ardevano tranquille incontro alla loro fine. I bambini si stendevano sui paglericci vicino alla stufa, i genitori restavano ancora a sedere e fissavano con preoccupata solennità le ultime fiammelle azzurre che guizzavano dalle cavità dei candelieri e ricadevano mollemente ondulate, un gioco d'acqua fatto col fuoco. La stearina bruciava lentamente, esili fili di fumo azzurro salivano dai residui carbonizzati degli stoppini verso il soffitto. « Ah! » sospirava la donna. « Non sospirare! » le ricordava Mendel Singer. Tacevano. « Dormiamo, Deborah! » comandava. E cominciavano a mormorare una preghiera serale.

Così alla fine di ogni settimana iniziava il sabbat, con silenzio, candele e canto. Ventiquattr'ore più tardi sprofondava nella notte che guidava il grigio corteo dei giorni feriali, una ridda di affanni. Un giorno caldo nel colmo dell'estate, verso la quarta ora del pomeriggio, Deborah partorì. Le sue prime grida investirono la cantilena dei dodici scolaretti. Andarono tutti a casa. Cominciarono sette giorni di vacanza. Mendel ebbe un altro bambino, il quarto, un maschio. Otto giorni dopo fu circonciso e chiamato Menuchim.

Menuchim non ebbe una culla. Penzolava in un cesto di vimini nel mezzo della stanza, fissato con quattro canapi a un gancio nel soffitto, come un lampadario. Mendel Singer di quando in quando toccava con un dito leggero, non indifferente, il cesto sospeso, che subito cominciava a dondolare. Questo movimento a volte placava il neonato. Talora però non serviva affatto contro la sua voglia di piagnucolare e strillare. Il gracidio della sua voce sormontava le voci dei dodici scolaretti, suoni profani e sgraziati che si sovrapponevano ai sacri versetti della bibbia. Deborah saliva su uno sgabello e tirava giù il neonato. Bianchi, turgidi e colossali erompevano i suoi seni dalla blusa aperta e attiravano prepotentemente gli sguardi dei ragazzi. Sembrava che Deborah allattasse tutti i presenti. I suoi stessi tre figli maggiori le stavano intorno, gelosi e avidi. Scendeva il silenzio. Si sentiva il neonato succhiare.

I giorni si allungarono in settimane, le settimane diventarono mesi, dodici mesi fecero un anno. Menuchim beveva tuttora il latte di sua madre, un latte scarso, trasparente. Non era capace di divezzarlo. Nel tredicesimo mese di vita cominciò a fare smorfie e a gemere come un animale, a respirare affannosamente, ad ansimare in un modo mai sentito. La sua grossa testa ciondolava pesante come una zucca sul collo sottile. La larga fronte s'increspava, si raggrinziva tutta come una pergamena sgualcita. Le gambe erano storte e senza vita come due archi di legno. I suoi braccini secchi si dibattevano e si contraevano convulsamente. Suoni ridicoli balbettava la sua bocca. Se aveva un attacco, lo prendevano dalla culla e lo scrollavano ben bene, finché il viso gli si faceva paonazzo e quasi gli cessava il respiro. Allora a poco a poco si riprendeva. Gli posavano foglie di tè bollite (in diversi sacchettini) sul petto magro e gli avvolgevano della farfara intorno al collo sottile. « Non è nulla, » diceva suo padre « è a causa della crescita! ». « I figli maschi prendono dai fratelli della madre. Mio fratello l'ha avuto per cinque anni! » diceva la madre. « Si finisce anche di crescere! » dicevano gli altri. Finché un giorno in città scoppiò il vaiolo, le autorità prescrissero le vaccinazioni e i medici entrarono a forza nelle case degli ebrei. Più d'uno si nascose. Ma Mendel Singer, il giusto, non fuggiva davanti a nessuna punizione di Dio. Attese fiducioso anche la vaccinazione.

Fu in un caldo mattino di sole che la commissione passò per la viuzza di Mendel. L'ultima nella fila delle case degli ebrei era la casa di Mendel. Insieme a un poliziotto che portava in braccio un grosso libro, il dottor Soltysiuk procedeva a grandi passi con i mustacchi biondi al vento sul viso bruno, occhiali a molla cerchiati d'oro sul naso arrossato, scricchiolanti gambali di cuoio giallo e la giacca, a causa del caldo, pigramente appesa sopra la *rubaschka* azzurra, di modo che le maniche sembravano un paio di braccia supplementari pronte anche loro, così pareva, a mettersi a vaccinare: il dottor Soltysiuk arrivò dunque nella viuzza degli ebrei. Lo accolsero i gemiti delle donne e gli strilli dei bambini che non si erano potuti nascondere. Il poliziotto andava a prendere donne e bambini da profonde cantine e alte soffitte, da piccoli bugigattoli e grandi ceste di paglia. Il caldo era soffocante, il dottore sudava. Doveva vaccinare nientemeno che centosettantasei ebrei. Per ognuno che fosse latitante e irraggiungibile ringraziava Dio in cuor suo. Quando fu arrivato alla quarta delle casette tinte in azzurro, fece cenno al poliziotto che non si desse più tanta briga di cercare. Sempre più forti erano gli urli, via via che il dottore avanzava. S'alzavano nell'aria davanti ai suoi passi. Gli strilli di quelli ancora in preda alla paura si univano alle imprecazioni dei già vaccinati. Stanco e completamente stordito, il medico si lasciò cadere con un gemito profondo su una panca nella stanza di Mendel e chiese un bicchiere d'acqua. Il suo sguardo cadde sul piccolo Menuchim, egli sollevò l'infermo e disse: « Diventerà epilettico ». Gettò l'angoscia nel cuore del padre. « Tutti i bambini hanno le convulsioni » protestò la madre. « Non è questo » precisò il dottore. « Ma forse io potrei guarirlo. C'è vita nei suoi occhi ».

Voleva portarsi subito il piccolo in ospedale. Deborah era già pronta. « Lo guariranno gratis » disse. Ma Mendel replicò: « Sta' zitta, Deborah! Non c'è dottore che lo possa guarire, se Dio non vuole. Deve forse crescere in mezzo a bambini russi? Non sentire una parola santa? Mangiare carne e latte e polli fritti col burro come li danno in ospedale? Noi siamo poveri, ma l'anima di Menuchim non la vendo per il solo fatto che la sua guarigione può essere gratuita. Non si guarisce in ospedali forestieri ». Come un eroe Mendel tese il suo braccio bianco e secco alla vaccinazione. Menuchim però non lo dette via. Decise di implorare per il suo più piccolo l'aiuto di Dio e di digiunare due volte alla settimana, lunedì e giovedì. Deborah si propose di andare in pellegrinaggio al cimitero e d'invocare dalle ossa degli antenati la loro intercessione presso l'Onnipotente. Così Menuchim sarebbe guarito e non sarebbe diventato un epilettico.

Tuttavia dal giorno della vaccinazione la paura sovrastò la casa di Mendel Singer come un mostro, e il dolore s'infiltrò nei cuori come un vento incessante, caldo e tagliente. Ora Deborah poteva sospirare e suo marito non la rimproverava. Più a lungo del solito teneva la faccia nascosta fra le mani quando pregava, quasi si creasse notti sue proprie per seppellirvi la paura, e sue proprie tenebre per trovarvi al tempo stesso la grazia. Poiché credeva, come stava scritto, che la luce di Dio risplendesse nelle tenebre e che la sua bontà illuminasse il buio. Gli attacchi di Menuchim però non cessavano. I figli maggiori crescevano e crescevano, la loro salute gridava maligna agli orecchi della madre, come un nemico di Menuchim, il malato. Era come se i figli sani traessero forza dall'infermo, e Deborah odiava le loro grida, le loro guance rosse, le loro membra diritte. Andava in pellegrinaggio al cimitero con la pioggia e col sole. Batteva la testa sulle pietre arenarie coperte di muschio che s'alzavano dalle ossa dei suoi padri e madri. Scongiurava i morti e credeva di sentire le loro mute, confortanti risposte. Sulla via del ritorno trepidava nella speranza di ritrovare suo figlio guarito. Trascurava il focolare domestico, la minestra traboccava, le pentole di coccio andavano in pezzi, le casseruole arrugginivano, i bicchieri dai riflessi verdognoli si spaccavano con un colpo secco, il cilindro della lampada a petrolio si anneriva di fuliggine, il lucignolo diventava un misero stoppaccio carbonizzato, il sudicio di molte suole e di molte settimane si accumulava sulle assi del pavimento, lo strutto nella pentola si scioglieva, i bottoni si staccavano dalle camicie dei bambini e cadevano come foglie in autunno.

Un giorno, una settimana prima delle grandi feste (l'estate si era fatta pioggia e la pioggia voleva farsi neve), Deborah prese la cesta con suo figlio, ci stese sopra delle coperte di lana, la mise sul carro del vetturino Sameschkin e andò a Kluczýsk, dove abitava il rabbi. L'asse che serviva da sedile era appoggiata sulla paglia e scivolava a ogni movimento del carro. Solo col peso del proprio corpo Deborah la teneva giù, era viva, voleva saltellare. La strada stretta e tortuosa era ricoperta dal fango grigio argento, nel quale affondavano gli alti stivali dei viandanti e le ruote del carro fino a metà. La pioggia velava i campi, disperdeva il fumo sulle capanne isolate, macinava con infinita sottile pazienza tutto ciò che incontrava di solido, il calcare che qua e là spuntava dalla terra nera come un dente bianco, i tronchi segati ai margini della strada, le tavole odorose ammucchiate l'una sull'altra davanti alla segheria, anche il fazzoletto che Deborah aveva in testa e le coperte di lana sotto le quali era sepolto Menuchim. Non una gocciolina doveva bagnarlo. Deborah calcolò che aveva ancora quattro ore di viaggio davanti a sé; se non smetteva di piovere, doveva far tappa alla locanda e asciugare le coperte, bere un tè e mangiare le ciambelle ai semi di papavero, anch'esse ormai impregnate d'acqua, che aveva portato con sé. Questo poteva costare cinque copechi, e cinque copechi non sono da buttar via. Dio si rese conto e smise di piovere. Sopra brandelli di nuvole frettolose biancheggiò un sole stemperato, per un'ora appena; sprofondò poi definitivamente in un nuovo più fitto crepuscolo.

La notte fonda avvolgeva Kluczýsk, quando Deborah arrivò. Molte persone disperate erano già venute per vedere il rabbi. Kluczýsk consisteva in un paio di migliaia di case basse col tetto di paglia e di scandole, una piazza del mercato larga un chilometro, che era come un lago prosciugato, circondato di edifici. I veicoli che vi si trovavano sparsi facevano pensare a relitti di navi arenate; anzi si perdevano, minuscoli e assurdi, nello spazio circolare. I cavalli staccati nitrivano accanto ai carri e con zoccoli stanchi scalpitavano nel fango appiccicoso. Qualche persona isolata vagava nella notte rotonda con una lanterna gialla tremolante in cerca di una coperta dimenticata e di tintinnanti stoviglie con le provviste. Tutt'intorno, nelle mille piccole casette, erano alloggiati i nuovi venuti. Dormivano su brande, accanto ai letti della gente del posto, gli infermi, i gobbi, gli storpi, i matti, gli idioti, i deboli di cuore, i diabetici, quelli che in corpo si portavano il cancro, quelli con gli occhi infettati dal tracoma, donne dal grembo sterile, madri con figli deformi, uomini minacciati dalla prigione o dal servizio militare, disertori che chiedevano una fuga coronata da successo, quelli dati per spacciati dai medici, ripudiati dall'umanità, oltraggiati dalla giustizia terrena, afflitti, smaniosi, affamati e sazi, truffatori e probi, tutti, tutti, tutti...

Deborah prese alloggio a Kluczýsk dai parenti di suo marito. Non dormì. Per tutta la notte restò accoccolata vicino alla cesta di Menuchim nell'angolo, vicino al focolare; buia era la stanza e buio il suo cuore. Non osava più invocare Dio, le sembrava troppo alto, troppo grande, troppo lontano, infinito dietro cieli infiniti: una scala fatta di milioni di preghiere avrebbe dovuto avere, per arrivare a un lembo di Dio. Andava in cerca di defunti protettori, invocava i genitori, il nonno di Menuchim, di cui il piccolo portava il nome, poi i patriarchi degli ebrei, Abramo, Isacco e Giacobbe, le ossa di Mosè e infine le spose dei patriarchi. Dovunque era possibile una intercessione, lei indirizzava un sospiro. Bussò a cento tombe, a cento porte del paradiso. Per paura di non arrivare al rabbi l'indomani, a causa dei troppi postulanti, pregò innanzi tutto per avere la fortuna di potersi far largo per tempo, come se poi la guarigione di suo figlio fosse soltanto un gioco da ragazzi. Finalmente vide attraverso le fessure delle imposte nere qualche pallida striscia del mattino. Si levò in fretta. Dette fuoco alle schegge di legna secca di pino che erano sul focolare, cercò e trovò una pentola, prese dal tavolo il samovar, ci buttò dentro le schegge infocate, sopra pose il carbone, afferrò il recipiente per i due manici, si chinò e ci soffiò dentro finché sprizzarono le scintille crepitandole intorno al viso. Era come se compisse un rito misterioso. Di lì a poco l'acqua bollì, di lì a poco il tè fu pronto, la famiglia si alzò, si sedettero davanti a tazze di coccio marrone e bevvero. Poi Deborah tirò su dalla cesta il figlio. Piagnucolava. Lo baciò in fretta e più volte di seguito con frenetica tenerezza, le sue labbra umide schioccavano sul viso grigio, sulle manine risecchite, le gambe storte, la pancia gonfia del piccolo, era come se lei colpisse il bambino con la sua bocca amorosa di madre. Dopo di che lo infagottò ben bene, legò una fune intorno al pacco e si caricò suo figlio sulle spalle in modo da avere le mani libere. Voleva farsi largo nella ressa davanti alla porta del rabbi.

Con alte grida si gettò sulla folla in attesa, con terribili pugni spingeva da parte i deboli, nessuno poté trattenerla. Chiunque, colpito e scacciato dalla sua mano, si girasse verso di lei per respingerla, restava accecato dalla pena cocente che c'era sul suo viso, sulla bocca rossa spalancata da cui sembrava uscire un alito infocato, dalla luce cristallina delle grosse lacrime colanti, dalle guance che avvampavano, dalle grosse vene azzurre nel collo proteso ove gli urli si concentravano prima di erompere. Come una fiaccola ondeggiante nel vento avanzava Deborah. Con un solo grido stridulo, dietro cui piombò l'orrenda quiete di tutto un mondo morto, Deborah cadde ai piedi della porta, finalmente raggiunta, del rabbi, la maniglia nella destra protesa. Con la sinistra tamburellava sul legno marrone. Menuchim scivolò in terra davanti a lei.

Qualcuno aprì la porta. Il rabbi era accanto alla finestra, le voltava le spalle, una riga nera e sottile. D'un tratto si voltò. Lei rimase sulla soglia, con entrambe le braccia tese gli presentò suo figlio, come in atto di offerta. Colse un bagliore sul volto pallido dell'uomo che sembrava tutt'uno con la barba bianca. Si era proposta di fissare il santo negli occhi per convincersi che veramente in essi viveva la bontà che tutto può. Ma ora che stava lì, c'era un lago di lacrime davanti al suo sguardo e lei vedeva l'uomo dietro un'onda bianca d'acqua e sale. Egli levò la mano, le parve di ravvisare due dita magre, strumenti della benedizione. Ma vicinissima udì la voce del rabbi, sebbene questi bisbigliasse appena:

« Menuchim, figlio di Mendel, guarirà. Pari a lui non ce ne saranno molti in Israele. Il dolore lo farà saggio, la deformità buono, l'amarezza mite e la malattia forte. I suoi occhi saranno grandi e profondi, le sue orecchie limpide e piene di risonanza. La sua bocca tacerà ma le labbra, quando si apriranno, annunceranno il bene. Non temere e va' a casa! ».

« Quando, quando, quando guarirà? » bisbigliò Deborah.

« Dopo lunghi anni, » disse il rabbi « ma non chiedermi più, io non ho tempo e non so altro. Non abbandonare tuo figlio, anche se per te è un grosso peso, non disfartene, egli viene fuori da te, così come un bambino sano. Va'!... ».

Fuori le fecero largo. Le sue guance erano pallide, gli occhi asciutti, le labbra appena socchiuse, come se non respirassero che speranza. La grazia nel cuore, tornò a casa.

II

Quando Deborah tornò a casa, trovò suo marito al focolare. Corrucciato badava al fuoco, alla pentola, ai cucchiai di legno. Il suo animo retto era volto alle semplici cose terrene e non tollerava miracoli nel regno del visibile. Sorrideva della fede di sua moglie nel rabbi. Alla sua semplice devozione non occorreva una potenza mediatrice fra Dio e gli uomini. « Menuchim guarirà, ma ci vorrà molto tempo! ». Con queste parole Deborah varcò la soglia di casa. « Ci vorrà molto tempo! » ripeté Mendel come un eco maligno. Deborah sospirando riappese la cesta al soffitto. I tre figli maggiori lasciarono i loro giochi. Si precipitarono sulla cesta, che per qualche giorno non avevano più vista, e la fecero dondolare violentemente. Mendel Singer agguantò i suoi figlioli, Jonas e Schemarjah, con tutte e due le mani. Mirjam, la bambina, si rifugiò dalla mamma. Mendel prese i suoi figlioli per gli orecchi. Furono urli. Egli si sfibbiò la cintura dei pantaloni e la brandì nell'aria. Quasi che il cuoio facesse ancora parte del suo corpo, quasi fosse la naturale continuazione della sua mano, Mendel Singer sentiva su di sé ciascuno dei colpi schioccanti che raggiungeva la schiena dei figli. Un tumulto sinistro si scatenò nella sua testa. Le grida allarmate di sua moglie cadevano nel frastuono dentro di lui, vi si perdevano insignificanti. Era come versare bicchieri d'acqua in un mare infuriato. Non si rendeva conto di dov'era. Mulinava la cintura facendola saltare e schioccare qua e là, colpiva le pareti, il tavolo, le panche e non sapeva se gli facevano più piacere i colpi mancati o quelli andati a segno. Finalmente sonarono le tre all'orologio a muro, l'ora in cui il pomeriggio si radunavano gli scolari. A stomaco vuoto – perché non aveva mangiato nulla –, la gola ancora strozzata dall'eccitazione, Mendel cominciò, parola per parola, versetto per versetto, a recitare la bibbia. Il limpido coro delle voci infantili ripeteva parola per parola, versetto per versetto, era come se la bibbia venisse sonata da molte campane. Come campane oscillavano anche i busti degli scolari avanti e indietro, mentre sulle teste la cesta di Menuchim dondolava quasi allo stesso ritmo. Quel giorno i due figli di Mendel parteciparono alla lezione. La collera del padre si dissolse, si raffreddò, sbollì, perché precedevano gli altri nel recitare cantato. Per metterli alla prova lasciò la stanza. Il coro dei bambini continuò lo stesso, guidato dalle voci dei figli. Poteva fidarsi di loro.

Jonas, il maggiore, era forte come un orso, Schemarjah, il minore, era astuto come una volpe. Jonas camminava con passo pesante, la testa piegata in avanti, le braccia penzoloni, le guance paffute, eternamente affamato, i folti capelli ricciuti che uscivano prepotenti dal bordo del berretto. Adagio, lemme lemme, il profilo aguzzo, occhi limpidi sempre svegli, braccia sottili, le mani affondate nelle tasche, lo seguiva suo fratello Schemarjah. Mai che scoppiasse una lite fra loro, erano troppo lontani l'uno dall'altro, divisi erano i loro regni e i loro possessi: avevano stretto un patto. Con barattoli di latta, scatole di fiammiferi, cocci, corni, vimini, Schemarjah fabbricava oggetti meravigliosi. Jonas avrebbe potuto rovesciarli col suo soffio potente e distruggerli. Ma egli ammirava la delicata abilità del fratello. I suoi occhietti neri luccicavano come scintille fra le guance, curiosi e allegri.

Alcuni giorni dopo il suo ritorno Deborah ritenne giunto il momento di slegare la cesta di Menuchim dal soffitto. Non senza solennità consegnò il piccolo ai figli più grandi. « Lo porterete a passeggio! » disse Deborah. « Se si stanca, lo porterete in collo. Dio ne guardi, non fatelo cadere! Il sant'uomo ha detto che guarirà. Non gli fate male! ». Da quel momento cominciò il supplizio dei bambini.

Si tiravano dietro Menuchim per la città come una disgrazia, lo lasciavano in un canto, lo facevano cadere. Sopportavano male lo scherno dei coetanei che correvano dietro di loro quando portavano a passeggio Menuchim. Il piccolo doveva essere sorretto da due. Non metteva un piede avanti all'altro come un essere umano. Dondolava sulle gambe come su due cerchi spezzati, restava fermo, si ripiegava sui ginocchi. Alla fine Jonas e Schemarjah non se ne curarono più. Lo mettevano in un angolo, in un sacco. Là giocava con escrementi di cani, sterco di cavalli, ciottoli. Divorava tutto. Grattava la calce dai muri e se ne riempiva la bocca, allora tossiva e si faceva paonazzo in viso. Come un mucchietto d'immondizia se ne stava accucciato in un canto. A volte si metteva a piangere. I ragazzi mandavano Mirjam a consolarlo. Minuta, civettuola, saltellando sulle esili gambe, nel cuore una brutta, ostile ripugnanza, lei si accostava al ridicolo fratello. La tenerezza con cui accarezzava il suo viso grinzoso, grigio cenere, aveva qualcosa di omicida. Si guardava circospetta intorno, a destra e a sinistra, poi pizzicava il fratello sulla coscia. Questi si metteva a strillare, i vicini si affacciavano alle finestre. Lei atteggiava il viso a una smorfia piagnucolosa. Tutti avevano compassione di lei e le facevano domande.

Un giorno d'estate che pioveva, i ragazzi trascinarono Menuchim fuori di casa e lo ficcarono nel tino in cui si era raccolta l'acqua piovana di circa sei mesi e nuotavano vermi, rimasugli di frutta e croste di pane ammuffite. Lo tennero per le gambe storte e tuffarono una dozzina di volte il suo testone grigio nell'acqua. Poi lo tirarono fuori col batticuore, le guance accese, nella lieta e atroce speranza di reggere un morto. Ma Menuchim viveva. Rantolava, sputava l'acqua, i vermi, il pane ammuffito, i rimasugli di frutta e viveva. Non gli successe nulla. Allora i bambini lo riportarono a casa zitti zitti e pieni di paura. Una grande paura del ditino di Dio, che or ora aveva dato un lievissimo cenno, s'impadronì dei due ragazzi e della bambina. Per tutto il giorno non si rivolsero la parola. Le loro lingue erano attaccate al palato, le loro labbra si aprivano per articolare una parola ma nelle loro gole non si formava alcun suono. Smise di piovere, apparve il sole, i rivoletti scorrevano svelti ai margini delle strade. Sarebbe stato quello il momento di mettere in acqua le barchette di carta e di stare a guardare come navigavano verso il canale. Ma niente di ciò avvenne. I bambini ritornarono quatti quatti in casa, come cani. Ancora per tutto il pomeriggio aspettarono la morte di Menuchim. Menuchim non morì.

Menuchim non morì, rimase in vita, più malandato che mai. Ormai il grembo di Deborah era secco e sterile. Menuchim fu l'ultimo fallito frutto del suo ventre, era come se il suo grembo si rifiutasse di produrre altra sventura. In fugaci momenti stringeva il marito fra le sue braccia. Erano brevi come lampi, secchi lampi al lontano orizzonte estivo. Lunghe, atroci e senza sonno erano le notti di Deborah. Una gelida parete di vetro la divideva dal marito. I suoi seni avvizzirono, il ventre si gonfiò, come a scherno della sua sterilità, le cosce si appesantirono e piombo gravava i suoi piedi.

Una mattina, in estate, si svegliò prima di Mendel. L'aveva destata il cinguettio di un passero sulla mensola della finestra. Aveva ancora il suo fischio negli orecchi, ricordo di un sogno felice, come la voce di un raggio di sole. La prima tiepida alba trapelava dai pori e dalle fessure delle imposte di legno e sebbene i contorni dei mobili si stemperassero ancora nell'ombra della notte, l'occhio di Deborah era già chiaro, il suo pensiero duro, il suo cuore freddo. Dette un'occhiata al marito che dormiva e scoprì i primi peli bianchi nella sua barba nera. Tossicchiava nel sonno. Russava. Svelta balzò davanti allo specchio appannato. Si passò le fredde punte delle dita fra i capelli ormai radi al culmine della testa, si tirò una ciocca dopo l'altra sulla fronte alla ricerca di capelli bianchi. Credette di averne trovato uno solo, lo prese tra due dita come una pinza e lo strappò. Poi si aprì la camicia davanti allo specchio. Vide i suoi seni flaccidi, li sollevò, li lasciò ricadere, passò la mano sul ventre vuoto eppure sporgente, vide le vene azzurre che si diramavano sulle sue cosce e decise di ritornare a letto. Si volse e il suo sguardo incontrò sgomento l'occhio aperto di suo marito. « Che hai da guardare? » esclamò. Egli non rispose. Era come se l'occhio aperto non gli appartenesse, giacché lui dormiva ancora. Si era aperto indipendentemente, era diventato curioso per proprio conto. Il bianco dell'occhio pareva più bianco del solito. La pupilla era minuscola. L'occhio rammentava a Deborah un lago gelato con dentro un punto nero. Era stato aperto, forse, neanche un minuto, ma a Deborah questo minuto parve un secolo. L'occhio di Mendel si richiuse. Il suo respiro continuò regolare, dormiva, non c'era dubbio. Un lontano trillo di milioni di allodole si levò fuori, al di sopra della casa, sotto i cieli. Già il calore nascente del nuovo giorno penetrava nella penombra mattutina della stanza. A momenti l'orologio avrebbe battuto sei colpi, l'ora in cui Mendel Singer era solito alzarsi. Deborah non si mosse. Restò in piedi, là dove si trovava quando si era voltata verso il letto, lo specchio alle spalle. Mai era rimasta così ferma con l'orecchio teso, senza uno scopo, un bisogno, una curiosità, una voglia. Non aspettava proprio nulla. Ma le sembrava di dover aspettare qualcosa di particolare. Tutti i suoi sensi erano desti come non mai, e ancora un paio di nuovi sensi, sconosciuti, si erano destati a sostegno dei vecchi. La sua vista, il suo udito, la sua sensibilità si erano moltiplicati per mille. E non succedeva nulla. Era solo un mattino d'estate che nasceva, erano solo allodole che trillavano in una irraggiungibile lontananza, soltanto raggi di sole che si spingevano con calda prepotenza tra le fessure delle imposte, mentre le larghe ombre ai margini dei mobili diventavano via via più sottili, e l'orologio ticchettava e prendeva la rincorsa per i sei colpi, e il marito respirava. Tranquilli i bambini giacevano nell'angolo, accanto al focolare, visibili a Deborah, ma distanti, come in un'altra stanza. Non accadeva nulla. Eppure sembrava dovessero accadere cose immense. L'orologio suonò, come una liberazione. Mendel Singer si svegliò, si mise a sedere sul letto e fissò stupito sua moglie. « Perché non sei a letto? » chiese stropicciandosi gli occhi. Tossì e sputò. Niente nelle sue parole e nel suo atteggiamento dava a pensare che il suo occhio sinistro fosse stato aperto e avesse guardato per proprio conto. Forse lui non lo sapeva più, forse Deborah si era ingannata.

Da quel giorno cessò il desiderio fra Mendel Singer e sua moglie. Come due persone dello stesso sesso, andavano a dormire, passavano le notti dormendo, si svegliavano la mattina. Si vergognavano l'uno dell'altro e tacevano, come nei primi giorni del loro matrimonio. La vergogna c'era stata all'inizio del loro desiderio e c'era pure alla sua fine.

Poi anche questa fu superata. Ripresero a parlarsi, i loro occhi non si evitavano più, allo stesso ritmo invecchiavano i loro visi e i loro corpi, come visi e corpi di gemelli. L'estate era fiacca e afosa e povera di pioggia. Porta e finestra stavano aperte. I bambini non erano quasi mai in casa. Fuori crescevano in fretta, il sole li maturava.

Perfino Menuchim cresceva. Le sue gambe rimanevano a dire il vero arcuate, ma diventavano certamente più lunghe. Anche il suo busto si allungava. A un tratto, una mattina, cacciò un grido acuto mai sentito. Poi restò zitto. Un momento dopo disse, chiaro e distinto: « Mamma ».

Deborah si precipitò su di lui e dai suoi occhi, che per tanto tempo ormai erano stati asciutti, sgorgarono le lacrime, calde, copiose, grandi, salate, dolenti e dolci. « Di': mamma! ». « Mamma » ripeté il piccolo. Una dozzina di volte ripeté la parola. Cento volte la ripeté Deborah. Le sue preghiere non erano state vane. Menuchim parlava. E quest'unica parola del bambino disgraziato era sublime come una rivelazione, potente come un tuono, calda come l'amore, clemente come il cielo, vasta come la terra, fertile come un campo, dolce come un frutto dolce. Era più che la salute dei figli sani. Significava che Menuchim sarebbe diventato forte e grande, saggio e buono, come avevano detto le parole della benedizione.

Altri suoni comprensibili, comunque, non uscirono più dalla gola di Menuchim. Per lungo tempo quest'unica parola, che dopo così terribile silenzio era riuscito a formulare, significò mangiare e bere, dormire e voler bene, piacere e dolore, cielo e terra. Sebbene dicesse solo questa parola in ogni occasione, a sua madre Deborah egli sembrava eloquente come un predicatore ed espressivo come un poeta. Capiva ogni parola che si celava in quell'unica.

Trascurò i figli maggiori. Si allontanò da loro. Aveva solo un figlio, l'unico figlio: Menuchim.

III

Forse alle benedizioni occorre un tempo maggiore per realizzarsi che alle maledizioni. Dieci anni erano passati da quando Menuchim aveva pronunciato la sua prima e unica parola. Tuttora non era in grado di dirne un'altra.

A volte, quando Deborah era sola in casa col figliolo malato, metteva il catenaccio, si sedeva per terra accanto a Menuchim e fissava il piccolo in viso. Rammentava il terribile giorno d'estate in cui la carrozza della contessa era giunta davanti alla chiesa. Deborah vede il portale aperto della chiesa. Fin nella piazza polverosa, bianca di sole, arriva il fulgore d'oro di mille candele, di immagini variopinte incoronate di luce, di tre sacerdoti in cappa magna che stanno in fondo, lontani, all'altare, con barbe nere e mani bianche sollevate. Deborah è al terzo mese, Menuchim si muove nel suo ventre, lei stringe per mano la piccola tenera Mirjam. A un tratto si levano delle grida. Coprono il canto dei devoti nella chiesa. Si sente il secco calpestio dei cavalli, una nuvola di polvere si alza in vortice, la carrozza blu della contessa si ferma davanti alla chiesa. I piccoli dei contadini acclamano. I mendicanti sugli scalini, uomini e donne, si fanno incontro zoppicando al calesse per baciare la mano alla contessa. A un tratto Mirjam si libera con uno strattone. In un battibaleno è sparita. Deborah trema, rabbrividisce nonostante il gran caldo. Dov'è Mirjam? chiede a tutti i piccoli dei contadini. La contessa è scesa. Deborah si accosta vicinissima al calesse. Il cocchiere coi bottoni d'argento sulla livrea blu è seduto così in alto che con lo sguardo può abbracciare tutto. « Ha visto scappare la piccola brunetta? » chiede Deborah, allungando il collo, gli occhi abbagliati dal luccichio del sole e dell'uomo in livrea. Il cocchiere indica con la sinistra guantata di bianco in direzione della chiesa. Là dentro è corsa Mirjam.

Deborah riflette un attimo, poi si precipita nella chiesa, in mezzo al fulgore d'oro, al canto spiegato, al fragore dell'organo. All'entrata c'è Mirjam. Deborah afferra la bambina, la trascina sulla piazza, scende di corsa gli scalini infocati, incandescenti, scappa come davanti a un incendio. Vuole picchiare la bambina, ma ha paura.

Corre, tirandosi dietro la bambina, in una viuzza. Ora è più tranquilla. « Il babbo non ne deve saper nulla » dice ansimando. « M'intendi, Mirjam? ».

Da quel giorno Deborah sa che si prepara una sventura. Una sventura, lei porta in grembo. Lo sa e tace. Toglie il catenaccio, bussano alla porta, è Mendel.

Precocemente incanutita è la sua barba. Precocemente avvizziti erano anche il viso, il corpo e le mani di Deborah. Forte e lento come un orso era il figlio maggiore Jonas, astuto e svelto come una volpe era il minore Schemarjah, civettuola e spensierata come una gazzella la sorella Mirjam. Passava rapida per le viuzze a far commissioni, slanciata e sottile, un'ombra balenante, un viso bruno, una gran bocca rossa, uno scialle giallo oro annodato sotto il mento in due cocche sventolanti, e gli occhi antichi in mezzo al giovane viso bruno: così lei cadeva nel campo visivo degli ufficiali della guarnigione e restava impressa nelle loro teste spensierate, smaniose di piaceri. Più d'uno le dava talvolta la caccia. Nient'altro percepiva dei suoi cacciatori se non ciò che per l'appunto poteva recuperare attraverso le porte esterne dei sensi: un tintinnare argentino e uno sferragliare di speroni e armi, un fugace profumo di pomata per capelli e sapone da barba, uno sgargiante sfavillare di bottoni d'oro, di galloni d'argento e di cinghie rosso sangue di cuoio bulgaro. Era poco, era abbastanza. Subito dietro le porte esterne dei suoi sensi era appostata in Mirjam la curiosità, sorella della giovinezza, messaggera del desiderio. Con calda e dolce paura la ragazza fuggiva davanti ai suoi inseguitori. Solo per assaporare il tormentoso ed eccitante piacere della paura, lei fuggiva di viuzza in viuzza, prolungando la corsa di molti minuti. Faceva giri viziosi. Solo per poter di nuovo fuggire, Mirjam usciva di casa più del necessario. Agli angoli delle strade si fermava e gettava occhiate dietro di sé, esche ai cacciatori. Erano gli unici piaceri di Mirjam. Anche se ci fosse stato qualcuno che l'avesse capita, la sua bocca sarebbe rimasta muta. Perché i piaceri sono più forti finché rimangono segreti.

Allora Mirjam non sapeva in quale pericoloso rapporto sarebbe entrata col mondo estraneo e terribile dei militari e come fossero duri i destini che già cominciavano ad addensarsi sulle teste di Mendel Singer, di sua moglie e dei suoi figli. Jonas e Schemarjah erano infatti già nell'età in cui, secondo la legge, dovevano andare sotto le armi e, secondo la tradizione dei loro padri, dovevano sottrarsi al servizio militare. Ad altri giovani un Dio benigno e provvido aveva dato un'imperfezione fisica che poco li impediva e che li difendeva dal maligno. Qualcuno era cieco da un occhio, qualcuno zoppicava, questo aveva un'ernia inguinale, quello contraeva senza motivo braccia e gambe, alcuni avevano polmoni deboli, altri cuori deboli, uno era un po' duro d'orecchi e un altro tartagliava e un terzo era semplicemente debole di costituzione.

Ma nella famiglia di Mendel Singer sembrava che il piccolo Menuchim si fosse accollato tutte quante le umane sofferenze che, altrimenti, una natura benigna avrebbe forse pian piano suddiviso fra tutti i suoi membri. I figli maggiori di Mendel erano sani, non un difetto si poteva scoprire nel loro corpo, ed essi dovettero cominciare a tribolare, a digiunare e bere caffè e a sperare in un passeggero vizio cardiaco, sebbene la guerra col Giappone fosse già finita.

E così cominciarono i loro triboli. Non mangiavano, non dormivano, camminavano fiacchi e tremolanti per giorni e notti. I loro occhi erano gonfi e arrossati, i loro colli magri e le teste pesanti. Deborah li amava di nuovo. Per pregare per i figli maggiori si trascinò un'altra volta in pellegrinaggio al cimitero. Questa volta chiedeva una malattia per Jonas e Schemarjah, come allora aveva implorato la salute per Menuchim. Il servizio militare si ergeva dinanzi al suo occhio inquieto come una massiccia montagna di ferro liscio e di tintinnanti tormenti. Cadaveri vedeva, nient'altro che cadaveri. Alto e sfavillante, i piedi speronati nel sangue vermiglio, sedeva lo Zar e aspettava il sacrificio dei suoi figli. Andavano alle manovre, già questo era per lei il più gran terrore, a una guerra non pensava nemmeno. Era in collera con suo marito. Mendel Singer, chi era mai? Un maestro, uno stupido maestro di stupidi bambini. Aveva altro per la mente lei, quando era ancora ragazza.

Mendel Singer frattanto non si dava meno pensiero che sua moglie. Il sabbat, nella sinagoga, quando si faceva la preghiera per lo Zar prescritta dalla legge, Mendel pensava al prossimo futuro dei suoi figli. Già li vedeva nell'odiata uniforme di tela grezza delle nuove reclute. Mangiavano carne di maiale ed erano picchiati dagli ufficiali con lo scudiscio. Portavano fucili e baionette. Egli sospirava spesso senza apparente motivo, nel bel mezzo della preghiera, della lezione, del silenzio. Perfino gli estranei lo guardavano preoccupati. Sul suo figliolo malato mai nessuno gli aveva fatto domande, ma dei suoi figli sani s'informavano tutti.

Il ventisei marzo, finalmente, i due fratelli andarono a Targi. Tirarono ambedue la sorte. Ambedue erano perfetti e sani. Ambedue furono presi.

Un'estate ancora potevano passare a casa. In autunno dovevano presentarsi. Un mercoledì erano diventati soldati. La domenica tornarono a casa.

La domenica tornarono a casa, muniti di biglietti gratuiti dati dallo Stato. Già viaggiavano a spese dello Zar. Molti come loro viaggiavano sullo stesso treno. Era un treno lento. Sedevano su panche di legno fra contadini. I contadini cantavano ed erano ubriachi. Tutti fumavano il tabacco nero nel cui fumo c'era ancora un lontano ricordo di sudore. Tutti si raccontavano delle storie. Jonas e Schemarjah non si separarono per un istante. Era il loro primo viaggio in ferrovia. Spesso si scambiavano i posti. Ciascuno di loro voleva sedere un po' al finestrino e guardare il paesaggio. Immensamente vasto appariva il mondo a Schemarjah. Piatto era agli occhi di Jonas, lo annoiava. Il treno scivolava via attraverso la terra piatta come una slitta sulla neve. I campi s'inquadravano nei finestrini. Le contadine dai vivaci colori facevano cenni di saluto. Dove esse apparivano a gruppi, nel vagone rintronava, a risposta, l'urlo dei contadini. Neri, timidi e preoccupati i due ebrei sedevano fra di loro, pigiati nell'angolo dalla tracotanza degli ubriachi.

« Vorrei essere un contadino » disse a un tratto Jonas.

« Io no » rispose Schemarjah.

« Vorrei essere un contadino, » ripeté Jonas « vorrei essere ubriaco e fare l'amore con quelle ragazze là ».

« Io voglio essere quello che sono, » disse Schemarjah « un ebreo come mio padre Mendel Singer, non un soldato, né ubriaco ».

« Un poco mi fa piacere diventare soldato » disse Jonas.

« Vedrai, vedrai che piacere! Io preferirei essere un uomo ricco e vedere la vita ».

« Che cos'è la vita? ».

« La vita » spiegò Schemarjah « è vedere grandi città. Le rotaie corrono in mezzo alle strade, tutti i negozi sono grandi come da noi la caserma della gendarmeria, e le vetrine sono ancora più grandi. Ho visto delle cartoline illustrate. Non c'è bisogno della porta per entrare in un negozio, le finestre arrivano fino a terra ».

« Ehi, perché siete così tristi? » gridò a un tratto un contadino dall'angolo di fronte.

Jonas e Schemarjah fecero finta di non averlo sentito o che la sua domanda non fosse rivolta a loro. Fingersi sordi, se un contadino attaccava discorso, era una cosa che avevano nel sangue. Da mille anni non era mai andata a finire bene ogni volta che un contadino domandava e un ebreo rispondeva.

« Ehi! » disse il contadino e si rizzò.

Jonas e Schemarjah si alzarono contemporaneamente.

« Sì, proprio voi, ebrei, ho detto a voi » disse il contadino. « Non avete ancora bevuto nulla? ».

« Abbiamo già bevuto » disse Schemarjah.

« Io no » disse Jonas.

Il contadino tirò fuori una bottiglia che teneva sotto la giubba, sul petto. Era calda e viscida e il suo odore era piuttosto quello del contadino che del suo contenuto. Jonas la portò alla bocca. Scoprì le labbra carnose, rosso sangue, da una parte e dall'altra della bottiglia marrone si videro i forti denti bianchi. Jonas beveva e beveva. Non sentiva la mano leggera del fratello che gli tirava la manica per ammonirlo. Reggeva la bottiglia con tutte e due le mani, simile a un gigantesco poppante. Sul gomito sollevato in aria il bianco della camicia traspariva dalla stoffa sottile, consumata. Regolare come lo stantuffo di una macchina saliva e scendeva il suo pomo d'Adamo sotto la pelle del collo. Dalla gola veniva un sommesso, soffocato gorgoglio. Tutti stavano a guardare come beveva l'ebreo.

Jonas aveva finito. La bottiglia vuota gli cadde dalle mani e finì in grembo a suo fratello Schemarjah. Lui stesso le cadde dietro, come se dovesse prendere la stessa strada. Il contadino allungò la mano, chiedendo muto a Schemarjah di restituirgli la bottiglia. Poi accarezzò un po' con lo stivale le larghe spalle di Jonas addormentato.

Raggiunsero Podworsk, qui dovevano scendere. Fino a Jurki erano sette verste, a piedi dovevano andare i fratelli, chissà se per via qualcuno li avrebbe presi sul carro. Tutti i viaggiatori dettero una mano per rialzare il pesante Jonas. Quando fu fuori, gli passò la sbornia.

Camminavano. Era notte. La luna l'indovinavano dietro nuvolaglie lattiginose. Sui campi di neve apparivano qua e là, come bocche di cratere, macchie nere di terra dai contorni irregolari. La primavera sembava spirare dal bosco. Jonas e Schemarjah procedevano svelti su uno stretto sentiero. Sentivano il lieve crepitare del sottile fragile strato di ghiaccio sotto i loro stivali. I tondeggianti fagotti bianchi li portavano in spalla, infilati nei bastoni. Più volte Schemarjah tentò di attaccare discorso col fratello. Jonas non rispondeva. Si vergognava perché aveva bevuto ed era cascato per terra lungo disteso, come un contadino. Nei punti in cui il sentiero era così stretto che i due fratelli non potevano camminare l'uno a fianco dell'altro, Jonas cedeva il passo al più giovane. Avrebbe preferito che Schemarjah andasse avanti a lui. Dove la strada si allargava di nuovo, rallentava il passo con la speranza che Schemarjah proseguisse senza aspettarlo. Ma era come se il minore temesse di perdere il maggiore. Da quando aveva visto che Jonas poteva ubriacarsi, non si fidava più di lui, dubitava del senno del maggiore, si sentiva responsabile del maggiore. Jonas indovinò quello che provava suo fratello. Un'immensa, assurda collera gli ribollì in petto. « Schemarjah è proprio ridicolo » pensava Jonas. « È magro come uno spettro, neanche il bastone riesce a reggere, ogni poco se lo rimette in spalla, va a finire che il fagotto gli cade nel pantano ». Al pensiero che il bianco fagotto di Schemarjah potesse scivolare dal bastone nel pantano nero della strada, Jonas scoppiò in una risata fragorosa. « Di che ridi? » chiese Schemarjah. « Di te! » rispose Jonas. « Avrei più ragione io di ridere di te » disse Schemarjah. E tacquero di nuovo. Nero si ergeva il bosco d'abeti incontro a loro. Da questo, non da loro stessi sembrava venire il silenzio. Di tanto in tanto si levava un vento capriccioso da uno o dall'altro punto cardinale, una folata vagabonda. Un saliceto si agitava nel sonno, rami secchi scricchiolavano, le nuvole attraversavano chiare il cielo. « E così ora siamo soldati! » disse a un tratto Schemarjah. « Benissimo, » disse Jonas « che cosa eravamo noi, se no? Non abbiamo un mestiere. Dobbiamo forse diventare maestri come nostro padre? ». « Meglio che soldati! » disse Schemarjah. « Io potrei diventare un commerciante e andare per il mondo! ». « Anche i soldati sono il mondo e io non sono capace di fare il commerciante » disse Jonas. « Tu sei ubriaco! ». « Io sono lucido come te. Io posso bere ed essere lucido. Io posso essere soldato e vedere il mondo. Vorrei essere un contadino. Ecco cosa ti dico – e non sono ubriaco... ».

Schemarjah scrollò le spalle. Continuavano il loro cammino. Verso mattina sentirono cantare i galli in fattorie lontane. « Sarà Jurki » disse Schemarjah. « No, è Bytók! » disse Jonas. « Allora Bytók, per me è lo stesso » disse Schemarjah.

Un carro sferragliava con grande strepito dietro la prima curva della strada. La mattina era scialba come lo era stata la notte. Nessuna differenza fra luna e sole. Cominciò a cadere la neve, neve soffice, calda. Dei corvi si alzarono in volo e gracchiarono.

« Guarda gli uccelli! » disse Schemarjah; così, come pretesto per rappacificarsi col fratello.

« Son corvi quelli! » disse Jonas. « Uccelli! » ripeté in tono di scherno.

« Per me è lo stesso » disse Schemarjah. « Corvi! ».

Era davvero Bytók. Ancora un'ora e arrivavano a Jurki. Ancora tre ore ed erano a casa.

Nevicava più fitto e più soffice, via via che il giorno s'inoltrava, quasi la neve venisse dal sole crescente. Dopo alcuni minuti tutto il paesaggio era bianco. Bianchi anche i salici qua e là lungo la strada e bianchi i gruppi sparsi di betulle fra i campi, bianchi, bianchi. Solo i due giovani ebrei in cammino erano neri. Anche loro li ricopriva la neve, ma sulle loro spalle sembrava che si sciogliesse più in fretta. Le loro lunghe finanziere svolazzavano. Le falde battevano con un colpo secco e regolare sui gambali degli stivaloni di cuoio. Più fitta si faceva la neve, più camminavano in fretta. I contadini che incontravano per strada andavano molto lentamente, le ginocchia piegate, e diventavano bianchi, sulle loro larghe spalle si accumulava la neve come su grossi rami, pesante e lieve a un tempo, avvezzi alla neve essi vi si muovevano dentro quasi fossero a casa loro. Talvolta si fermavano e si voltavano a guardare i due uomini neri, come un'apparizione insolita, sebbene la vista di ebrei non fosse per loro cosa nuova.

Senza fiato i fratelli giunsero a casa, già cominciava a imbrunire. Sentirono da lontano la cantilena degli scolaretti. Veniva loro incontro, suono materno, parola paterna, la cantilena degli scolaretti: tutta la fanciullezza riportava loro incontro, significava e racchiudeva tutto quanto essi dal giorno della loro nascita avevano visto, udito, fiutato e sentito. Racchiudeva l'odore dei cibi caldi e aromatici, il bagliore bianco e nero che veniva dalla barba e dal viso del padre, l'eco dei sospiri materni e del piagnucolio di Menuchim, della preghiera bisbigliata da Mendel Singer la sera, milioni d'indefinibili, normali e singolari avvenimenti. Ambedue i fratelli accolsero dunque con le stesse emozioni la melodia che il vento portava loro incontro attraverso la neve mentre si avvicinavano alla casa paterna. Allo stesso ritmo battevano i loro cuori. La porta si spalancò all'improvviso davanti a loro, dalla finestra la madre Deborah li aveva già visti arrivare da tempo.

« Siamo idonei! » disse Jonas senza salutare.

Improvvisamente un terribile silenzio calò nella stanza dove poco prima risuonavano ancora le voci dei bambini, un silenzio senza confini, di gran lunga più potente dello spazio che era diventato sua preda, eppure nato da quella parolina « idonei » che Jonas aveva appena pronunciato. A mezzo della parola che avevano mandato a memoria, i bambini interruppero la lezione. Mendel, che prima andava su e giù per la stanza, si fermò, guardò in alto, sollevò le braccia e le lasciò ricadere. La madre Deborah si sedette su uno dei due sgabelli che stavano sempre accanto alla stufa, quasi che già da tempo avessero aspettato l'occasione di accogliere una madre afflitta. Mirjam, la figlia, a tastoni era arretrata nell'angolo, il suo cuore batteva forte, credeva che tutti dovessero sentirlo. I bambini sedevano inchiodati ai loro posti. Le loro gambe, nelle calze di lana a strisce colorate, che durante la lezione non avevano cessato un momento di dondolare, ciondolavano ora inerti sotto il tavolo. Fuori non cessava di nevicare e il bianco soffice dei fiocchi di neve introduceva attraverso la finestra un pallido riverbero nella stanza e sui visi dei taciturni. Un paio di volte si sentirono resti di legna carbonizzata crepitare nella stufa e un leggero scricchiolio agli stipiti della porta quando il vento li cimentava. I bastoni ancora sulle spalle, i fagotti bianchi ancora infilati nei bastoni, i fratelli stavano sulla porta, messaggeri e figli della sventura. A un tratto Deborah gridò: « Mendel, vai, corri a chiedere consiglio alla gente! ».

Mendel Singer si afferrò la barba. Il silenzio era rotto, le gambe dei bambini cominciarono a dondolare pian piano, i fratelli posarono i loro fagotti e i loro bastoni e si avvicinarono al tavolo.

« Che sciocchezze stai dicendo? » esclamò Mendel Singer. « Dove dovrei andare? E a chi dovrei chiedere consiglio? Chi aiuta un povero maestro e in che modo mi dovrebbero aiutare? Che aiuto ti aspetti dagli uomini, se Dio ci ha castigato? ».

Deborah non rispose. Per un po' restò ancora in silenzio seduta sullo sgabello. Poi si alzò, dette a questo una pedata come a un cane, così che barcollò e cadde con fracasso, afferrò il suo scialle marrone che stava per terra simile a una collinetta di lana, si avvolse la testa e il collo, legò le frange sulla nuca in un nodo stretto con gesto furioso come si volesse strozzare, si fece rossa in viso, rimase lì sibilando quasi fosse una pentola piena d'acqua bollente, e d'un tratto sputò, uno sputo bianco che sparò ai piedi di Mendel Singer come un proiettile velenoso. E come se con questo soltanto non avesse dimostrato a sufficienza il suo disprezzo, allo sputo fece seguire anche un grido che suonò come un puah!, che però non poté essere inteso esattamente. Prima che gli astanti sbalorditi si fossero riavuti, spalancò la porta. Una maligna folata di vento rovesciò nella stanza fiocchi bianchi, soffiò in faccia a Mendel Singer, aggredì le gambe penzolanti dei bambini. Poi la porta si richiuse con fracasso. Deborah era uscita.

Corse senza meta per le viuzze, sempre nel mezzo, un colosso nero e marrone che correva a rotta di collo nella neve bianca, finché vi affondò. Inciampò nei vestiti, cadde e si rialzò con sorprendente sveltezza, continuò a correre, ancora non sapeva dove, ma le sembrava che i suoi piedi corressero da soli a una meta che la sua testa ancora non conosceva. Il crepuscolo scendeva più in fretta dei fiocchi di neve, i primi lumi gialli cominciarono ad accendersi, le rare persone che uscivano dalle case per chiudere le imposte giravano la testa verso Deborah e continuavano un bel po' a seguirla con lo sguardo, per quanto fossero gelate dal freddo. Deborah correva in direzione del cimitero. Quando raggiunse il cancelletto di legno, cadde a terra un'altra volta. Si levò di scatto, la porta non voleva cedere, la neve l'aveva bloccata. Deborah dette una spallata al cancello. Ora era dentro. Il vento ululava sulle tombe. Più morti che mai sembravano oggi i morti. Dal crepuscolo crebbe svelta la notte, nera, nera e rischiarata dalla neve. Davanti a una delle prime pietre tombali nella prima fila Deborah si lasciò cadere. Coi pugni intirizziti dal freddo la liberò dalla neve, quasi volesse sincerarsi che la sua voce sarebbe arrivata più facilmente fino al morto, una volta rimosso lo strato isolante fra la sua preghiera e l'orecchio della buon'anima. E allora Deborah ruppe in un grido che risuonò come un corno dentro cui ci fosse un cuore umano. Questo grido fu udito in tutta la cittadina, ma fu subito dimenticato. Perché il silenzio che seguì non fu più udito. Solo un sommesso gemito emetteva Deborah a brevi intervalli, un sommesso gemito materno che la notte inghiottiva, la neve seppelliva e solo i morti sentivano.

IV

Non lontano dai parenti di Mendel Singer a Kluczýsk viveva Kapturak, un uomo senza età, senza famiglia, senza amici, lesto e indaffarato e in confidenza con le autorità. Deborah si studiò di ottenere il suo aiuto. Dei settanta rubli che Kapturak esigeva prima di entrare in rapporti con i suoi clienti, ne possedeva appena venticinque, risparmiati di nascosto in lunghi anni di stenti, conservati nel solido borsellino di pelle sotto un'asse del pavimento, che lei sola conosceva. Ogni venerdì, quando lavava il pavimento, la sollevava piano piano. Alla sua materna speranza la differenza di quarantacinque rubli appariva inferiore alla somma che già possedeva. Poiché a questa addizionava gli anni durante i quali il denaro si era venuto accumulando, le privazioni alle quali ogni mezzo rublo doveva la sua esistenza e le molte segrete e fervide gioie del ricontarli.

Invano Mendel Singer cercò di descriverle l'inaccessibilità di Kapturak, il suo cuore di pietra e il suo famelico borsellino. « Che vuoi, Deborah, » diceva

Mendel Singer « i poveri sono impotenti, Dio non getta loro pietre d'oro dal cielo, alla lotteria non vincono e la loro sorte la devono portare con rassegnazione. All'uno Egli dà e all'altro toglie. Io non so di che cosa ci punisce, prima con la malattia di Menuchim e ora coi figlioli sani. Ah, al povero le cose vanno male se ha peccato, e gli vanno male se è malato. Bisogna sopportare il proprio destino! Lascia che i ragazzi vadano sotto le armi, non si guasteranno! Contro la volontà del cielo non c'è potenza che tenga. "Esso tuona e fulmina, s'inarca su tutta la terra, dinanzi a lui non c'è scampo" così sta scritto ».

Deborah però rispondeva, la mano puntata sul fianco, sopra il mazzo di chiavi rugginose: « Aiutati che Dio t'aiuta. Così sta scritto, Mendel! Tu sai sempre a memoria i versetti sbagliati. Molte migliaia di versetti sono stati scritti, quelli inutili li tieni tutti a mente! Sei diventato così stolto perché insegni ai bambini! Tu dài a loro il tuo po' d'intelligenza e loro ti lasciano tutta la loro stupidaggine. Un maestro sei, Mendel, un maestro! ».

Mendel non andava certo superbo della sua intelligenza e della sua professione. Tuttavia i discorsi di Deborah lo rodevano, i rimproveri intaccavano lentamente la sua bonarietà e nel suo cuore serpeggiavano già le bianche fiammelle della ribellione. Si voltava per non dover più vedere il viso di sua moglie. Gli pareva di conoscerlo già da tempo, da molto prima del matrimonio, dall'infanzia forse. Per molti anni gli era apparso uguale come il giorno del matrimonio. Non aveva visto come la carne cascasse dalle guance, quasi un intonaco variopinto da un muro, come la pelle si tendesse intorno al naso per ballonzolare tanto più flaccida sotto il mento, come le palpebre si aggrinzissero in reticoli sopra gli occhi e come il nero di questi s'illanguidisse in un freddo e scipito marrone, freddo, ragionevole e disperato. Un giorno, non si ricordava quando poteva essere stato (forse era successo quella mattina, quando lui dormiva e uno solo dei suoi occhi aveva sorpreso Deborah davanti allo specchio), un giorno dunque gli era toccata la rivelazione. Fu come un secondo, un rinnovato matrimonio, questa volta con la bruttezza, con l'amarezza, con l'avanzante età di sua moglie. La sentiva, è vero, più vicina, quasi tutt'uno con lui, inseparabile e per sempre, ma insopportabile, molesta e un tantino anche odiosa. Da donna che era, con la quale ci si unisce solo nell'oscurità, era diventata per così dire una malattia, con cui si è uniti giorno e notte, che ci appartiene interamente, che non si ha più bisogno di dividere col mondo e per la cui sincera ostilità si va in rovina. Certo, lui era solo un maestro! Anche suo padre era stato un maestro, suo nonno anche. E lui non poteva essere altro che questo. Si attaccava dunque la sua stessa esistenza quando si criticava la sua professione, si tentava di scancellarlo dal registro del mondo. A questo si opponeva Mendel Singer.

In fondo era contento che Deborah partisse. Già ora che faceva i preparativi per la partenza, la casa era vuota, Jonas e Schemarjah gironzolavano sempre per le strade, Mirjam restava dai vicini o andava a passeggio. A casa, sull'ora del mezzogiorno, prima che tornassero gli scolari, restavano solo Mendel e Menuchim. Mendel mangiava una minestra d'orzo che aveva fatto lui stesso e ne lasciava un bel po' per Menuchim nel suo piatto di coccio. Metteva il chiavistello perché il piccolo non si trascinasse fuori della porta, com'era sua abitudine. Poi il padre andava nell'angolo, sollevava il bambino, se lo metteva sulle ginocchia e cominciava a imboccarlo.

Amava queste ore quiete. Rimaneva volentieri solo col suo figliolo. Anzi, talvolta si domandava se non fosse addirittura meglio restare loro soli insieme, senza madre, senza fratelli. Quando Menuchim, cucchiaio dopo cucchiaio, aveva trangugiato la minestra d'orzo, il padre lo metteva a sedere sul tavolo, si sedeva di fronte a lui, vicino vicino, e si perdeva con tenera curiosità nella larga faccia giallognola piena di rughe sulla fronte, le palpebre tutte increspate e il flaccido doppio mento. Si sforzava d'indovinare che cosa potesse passare per quel cranio enorme, di penetrare in quel cervello attraverso gli occhi come attraverso finestre e, parlando ora piano ora ad alta voce, di carpire al bambino ottuso un qualche segno. Ripeteva dieci volte di seguito il nome di Menuchim, movendo lentamente le labbra disegnava i suoni nell'aria, perché Menuchim li vedesse, se ancora non poteva sentirli. Ma Menuchim restava impassibile. Allora Mendel prendeva il suo cucchiaio, lo batteva contro un bicchiere da tè e subito Menuchim voltava la testa e un tenue barlume si accendeva nei suoi occhi grandi, grigi, sporgenti. Mendel continuava a tintinnare, cominciava a cantare una canzoncina battendo col cucchiaio il tempo sul bicchiere, e Menuchim manifestava un'evidente inquietudine, girava il testone con qualche sforzo e dondolava le gambe. « Mamma, mamma! » gridava intanto. Mendel si alzava, andava a prendere il libro nero della bibbia, teneva aperta la prima pagina davanti al viso di Menuchim e intonava il primo versetto con la stessa melodia con la quale era solito insegnare ai suoi scolari: « In principio Dio creò il cielo e la terra ». Aspettava un momento con la speranza che Menuchim ripetesse le parole. Ma Menuchim restava impassibile. Solo nei suoi occhi sonnecchiava ancora quel barlume. Allora Mendel metteva via il libro, guardava tristemente suo figlio e continuava con la monotona cantilena:

« Stammi a sentire, Menuchim, io sono solo! I tuoi

fratelli si son fatti grandi ed estranei, vanno militari. Tua madre è una donna, che posso pretendere da lei? Tu sei il mio figlio più giovane, la mia ultima e più giovane speranza l'ho riposta in te. Perché taci, Menuchim? Tu sei il mio vero figliolo! Guarda qua, Menuchim e ripeti queste parole: "In principio Dio creò il cielo e la terra"... ».

Mendel aspettava ancora un istante. Menuchim restava impassibile. Allora Mendel faceva tintinnare di nuovo il bicchiere col cucchiaio. Menuchim si voltava e Mendel afferrava quasi con le mani quel momento di attenzione e riprendeva a cantare: « Stammi a sentire, Menuchim! Io sono vecchio, di tutti i miei figli sei il solo che mi resta, Menuchim! Ascolta e ripeti con me: "In principio Dio creò il cielo e la terra"... ».

Ma Menuchim restava impassibile.

Allora Mendel con un profondo sospiro metteva Menuchim daccapo per terra. Levava il chiavistello e usciva sulla porta ad aspettare i suoi scolari. Menuchim si strascicava dietro a lui e rimaneva accoccolato sulla soglia. Dall'orologio della torre battevano sette colpi, quattro cupi e tre squillanti. Allora Menuchim gridava: « Mamma, mamma! ». E quando Mendel si voltava verso di lui, vedeva che il piccolo allungava il collo in aria, come se aspirasse l'echeggiante melodia delle campane.

« Perché sono punito così? » pensava Mendel. E si lambiccava il cervello alla ricerca di una qualche colpa e non ne trovava nessuna grave.

Gli scolari arrivavano. Ritornava con loro in casa e mentre camminava su e giù per la stanza, ammonendo questo o quello, battendo l'uno sulle dita e dando all'altro un leggero colpetto sulle costole, non smetteva di pensare: Dov'è la colpa? Dove si nasconde la colpa?

Deborah frattanto era andata dal vetturino Sameschkin a chiedergli se uno di quei giorni poteva portarla con sé gratis fino a Kluczýsk.

« Sì » disse il vetturino Sameschkin, che sedeva sulla lucida panca della stufa, immobile, i piedi avvolti in sacchi grigio-gialli legati con la corda e che puzzava di grappa fatta in casa. Deborah fiutava l'acquavite come un nemico. Era il pericoloso odore dei contadini, che annunziava oscure passioni e accompagnava gli umori di *pogrom*. « Sì, » disse Sameschkin « se le strade fossero meglio! ». « Mi hai portato con te già un'altra volta in autunno, quando le strade erano anche peggio ». « Non mi ricordo, » disse Sameschkin « ti sbagli, sarà stato un giorno asciutto d'estate ». « Nient'affatto, » replicò Deborah « era autunno e pioveva e io andavo dal rabbi ». « Vedi, » disse Sameschkin, e i suoi piedi nei sacchi cominciarono a dondolare pian piano perché la panca della stufa era piuttosto alta e Sameschkin piuttosto piccolo di statura « vedi, » disse « quella volta andavi dal rabbi, era prima delle vostre feste solenni, e allora appunto ti ho portato con me. Ma oggi non vai dal rabbi! ». « Vado per una questione importante, » disse Deborah « Jonas e Schemarjah mai e poi mai devono diventare soldati! ». « Anch'io ho fatto il soldato, » disse Sameschkin « sette anni, di cui due in galera, perché avevo rubato. Una piccolezza del resto! ». Portava Deborah alla disperazione. I suoi discorsi le dimostravano soltanto quanto egli le fosse estraneo, a lei e ai suoi figlioli, che non avrebbero rubato e nemmeno sarebbero finiti in galera. Si decise dunque a contrattare alla svelta: « Quanto devo darti? ». « Nulla di nulla! Non voglio denaro e neanche voglio mettermi in viaggio! Il cavallo bianco è vecchio, il morello ha appena perso due ferri in un unico colpo. Per di più, quando ha fatto due sole verste di cammino, divora avena tutto il santo giorno. Io non posso più mantenerlo, lo voglio vendere. Non è vita, fare il vetturino! ». « Ci penserà Jonas a portare il morello dal maniscalco, » disse Deborah senza farsi scoraggiare « i ferri li pagherà lui ». « Chissà! » rispose Sameschkin. « Se ci vuol pensare Jonas, allora però deve anche far cerchiare una ruota ». « Anche questo! » promise Deborah. « Allora si parte la prossima settimana! ».

Così andò a Kluczýsk, dall'inquietante Kapturak. A dire il vero avrebbe preferito di gran lunga passare dal rabbi, perché certo una parola dalla sua santa bocca sottile valeva più di una protezione di Kapturak. Ma il rabbi non riceveva fra Pasqua e Pentecoste, fossero anche casi urgenti in cui si trattava di vita o di morte. Trovò Kapturak nella taverna: stava seduto nell'angolo accanto alla finestra, attorniato da contadini e da ebrei, e scriveva. Il suo berretto rovesciato, girato dalla parte della fodera, stava sul tavolo accanto alle carte come una mano tesa, e molte monete d'argento vi riposavano già dentro, attirando gli sguardi di tutti i circostanti. Kapturak le controllava di tanto in tanto, sebbene sapesse che nessuno avrebbe osato sottrargli anche un solo copeco. Scriveva petizioni, lettere d'amore e vaglia postali per ogni analfabeta – (inoltre sapeva anche cavare i denti e tagliare i capelli).

« Devo discutere con te di una cosa importante » disse Deborah al di sopra delle teste di quelli che gli stavano intorno. Kapturak allontanò di un sol colpo tutte le carte, le persone si dispersero intorno, egli agguantò il berretto, versò il denaro nel cavo della mano e lo legò in un fazzoletto. Poi invitò Deborah a sedersi.

Lei guardava nei suoi piccoli occhi seri come in chiari e duri bottoncini di corno. « I miei figli devono andare sotto le armi! » disse. « Sei una povera donna » disse Kapturak con una voce lontana, cantilenata, come se leggesse nelle carte. « Non hai potuto risparmiare denaro e nessuno ti può aiutare ». « Sì invece, ho risparmiato ». « Quanto? ». « Ventiquattro rubli e settanta copechi. Un rublo l'ho già speso per venire da te ». « Dunque fanno soltanto ventitré rubli! ». « Ventitré rubli e settanta copechi! » rettificò Deborah. Kapturak alzò la mano destra, divaricò il medio e l'indice e chiese: « E i figli son due? ». « Due, » bisbigliò Deborah. « Venticinque ce ne vogliono già per uno solo! ». « Per me? ». « Anche per te! ».

Contrattarono per una mezz'ora. Poi Kapturak si dichiarò soddisfatto di venticinque rubli per uno solo. « Per lo meno uno! » pensò Deborah.

Ma per strada, mentre sedeva sul carro di Sameschkin e le ruote trabalzavano nelle sue viscere e nella sua povera testa, la situazione le apparve ancora più miserevole di prima. Come poteva fare distinzioni tra i suoi figli? Jonas o Schemarjah? – si chiedeva instancabilmente. Meglio uno che tutti e due – le diceva la ragione, e si lamentava il suo cuore.

Quando fu a casa e cominciò a riferire ai suoi figli il verdetto di Kapturak, Jonas, il maggiore, la interruppe con le parole: « Io vado volentieri soldato! ».

Deborah, la figlia Mirjam, Schemarjah e Mendel Singer ascoltavano esterrefatti. Alla fine, siccome Jonas non diceva più nulla, Schemarjah esclamò: « Sei un fratello! Un buon fratello sei! ».

« No, » rispose Jonas « io ho voglia di fare il soldato! ».

« Forse dopo sei mesi verrai esonerato! » lo confortava il padre.

« No, » disse Jonas « non voglio affatto essere esonerato! Io resto a fare il soldato! ».

Tutti mormorarono la preghiera della sera. In silenzio si spogliarono. Poi Mirjam, in camicia e camminando civettuola sulle punte dei piedi, si accostò alla lampada e la spense con un soffio. Si misero a dormire.

Il giorno dopo Jonas era sparito. Lo cercarono, tutta la mattina. Solo a tarda sera Mirjam lo scorse. Montava un cavallo bianco, portava una giubba marrone e un berretto militare.

« Sei già soldato? » gridò Mirjam.

« Ancora no » disse Jonas e fermò il cavallo. « Saluta babbo e mamma. Io sono da Sameschkin, per il momento, finché non vado sotto le armi. Di' pure che non potevo resistere da voi, ma che vi voglio molto bene a tutti! ».

Al che, fece sibilare una frusta di vimine, tirò le redini e cavalcò via.

Da quel giorno fece lo stalliere dal vetturino Sameschkin. Strigliava il cavallo bianco e il morello, dormiva con loro nella stalla, aspirava con gusto, a piene narici, il loro puzzo di orina e il sudore acre. Provvedeva all'avena e al secchio per l'abbeveraggio, raccomodava le tirelle, accorciava le code, attaccava nuovi campanelli al collare, empiva i truogoli, sostituiva nei due carri il fieno marcio con quello asciutto, beveva *samogonka* con Sameschkin, si ubriacava e metteva incinte le ragazze.

A casa lo piansero come uno che si era perduto, ma non lo dimenticarono. Venne l'estate, calda e secca. Le sere calavano tarde e dorate sulla campagna. Jonas stava seduto davanti alla casupola di Sameschkin e suonava la fisarmonica. Era molto ubriaco e non riconosceva neanche suo padre che talvolta, esitante, passava di soppiatto lì davanti, un'ombra che ha paura di se stessa, un padre che non cessava di stupirsi che questo figlio fosse uscito dai suoi propri lombi.

V

Il venti agosto fece la sua apparizione in casa di Mendel Singer un inviato di Kapturak per prendere Schemarjah. Tutti loro in quei giorni avevano atteso il messo. Quando però fu davanti a loro in carne e ossa, furono sorpresi e sgomenti. Era un uomo normale, di statura normale e d'aspetto normale, con un berretto blu da militare sulla testa e una sigaretta sottile, fatta a mano, in bocca. Quando lo invitarono a sedersi e a bere un tè, rifiutò. « Preferisco aspettare davanti a casa » disse, in un tono dal quale si capiva benissimo che era abituato ad aspettare fuori, davanti alle case. Ma proprio questa decisione dell'uomo mise la famiglia di Mendel Singer in un'ancor più frenetica agitazione. Vedevano continuamente l'uomo col berretto blu comparire davanti alla finestra come una sentinella, e sempre più precipitosi erano i loro movimenti. Fecero un fagotto delle cose di Schemarjah, un vestito, il filatterio, le provviste per il viaggio, un coltello da pane. Mirjam radunò gli oggetti, sempre di altri ne portava. Menuchim, che con la testa arrivava già al tavolo, protendeva curioso e balordo il mento balbettando senza posa l'unica parola che conosceva: mamma. Mendel Singer, in piedi accanto alla finestra, tamburellava sul vetro. Deborah piangeva in silenzio, una lacrima dopo l'altra mandavano i suoi occhi verso la bocca contratta. Quando il fagotto di Schemarjah fu pronto, apparve a tutti troppo misero, e con occhi smarriti rovistarono la stanza per scoprire ancora qualche altra cosa. Fino a questo momento non si erano detti una parola. Ora che il fagotto bianco era sul tavolo accanto al bastone, Mendel Singer si voltò dalla finestra verso la stanza e disse a suo figlio: « Ci farai avere notizie subito e il più in fretta possibile, non scordartene! ». Deborah scoppiò in violenti singhiozzi, allargò le braccia e strinse suo figlio. A lungo stettero così avvinghiati. Poi Schemarjah si liberò a forza, si avvicinò alla sorella e la baciò su tutte e due le guance, schioccando le labbra. Suo padre stese su di lui le mani benedicenti e mormorò in fretta qualcosa d'incomprensibile. Timoroso Schemarjah si avvicinò quindi a Menuchim, che spalancava tanto d'occhi. Per la prima volta si trattava di abbracciare il piccolo infermo e per Schemarjah fu come se avesse da baciare non un fratello ma un simbolo, che non dà risposta. Tutti avrebbero voluto dire dell'altro. Ma nessuno trovava una parola. Sapevano che era un addio per sempre. Nel migliore dei casi Schemarjah arrivava sano e salvo all'estero. Nel peggiore, al confine veniva arrestato, poi giustiziato oppure ucciso sul posto dalle guardie di frontiera. Che cosa ci si può dire quando ci si saluta per la vita?

Schemarjah si mise il fagotto in spalla e spalancò la porta col piede. Non si volse più indietro. Tentò, nel momento in cui passava la soglia, di dimenticare la casa e tutti quelli che vi abitavano. Alle sue spalle risuonò ancora una volta un urlo di Deborah. La porta si richiuse. Con la sensazione che sua madre si fosse accasciata priva di sensi, Schemarjah si avvicinò al suo accompagnatore. « Subito dietro la piazza del mercato » disse l'uomo col berretto blu « ci aspettano i cavalli ». Quando passarono davanti alla casupola di Sameschkin, Schemarjah si fermò. Gettò un'occhiata al piccolo giardino, poi alla stalla vuota, spalancata. Suo fratello Jonas non c'era. Lasciò un pensiero nostalgico al fratello perduto che si era sacrificato spontaneamente, come Schemarjah continuava a credere. « È uno zoticone, ma generoso e bravo » pensò. Poi proseguì a passo regolare a fianco del forestiero.

Subito dietro la piazza del mercato trovarono i cavalli, come aveva detto l'uomo. Non meno di tre giorni impiegarono prima di arrivare al confine, perché evitarono la ferrovia. Per strada risultò che l'accompagnatore di Schemarjah era praticissimo di quei posti. Lo faceva capire senza che Schemarjah gli ponesse domande. Indicava da lontano i campanili e nominava i villaggi a cui appartenevano. Diceva il nome delle fattorie e dei poderi e i nomi dei proprietari. Spesso deviava dalla strada grande e si orientava più in fretta per stretti sentieri. Pareva quasi che volesse ancora rapidamente familiarizzare Schemarjah con la patria prima che il giovane partisse a cercarne una nuova. Seminava per la vita, nel cuore di Schemarjah, la nostalgia.

Un'ora prima di mezzanotte arrivarono alla taverna di frontiera. Era una notte silenziosa. La taverna vi era immersa come unica casa, una casa nel silenzio della notte, muta, buia, con le finestre sbarrate dietro le quali non s'indovinava alcun segno di vita. Milioni di grilli la circondavano senza posa col loro canto, sussurrante coro della notte, che nessun'altra voce turbava. Piatta era la campagna, l'orizzonte stellato vi tracciava intorno un cerchio perfetto, azzurro cupo, che solo a nord-est era interrotto da una striscia chiara, come un pezzetto d'argento inserito in un anello azzurro. Si sentiva l'odore dell'umidità lontana delle paludi che si estendevano a occidente e del pigro vento che lo portava fin là. « Davvero una bella notte d'estate! » disse il messo di Kapturak. E per la prima volta, dacché erano insieme, si mise a discorrere del suo lavoro: « In notti così serene non sempre si può passare senza difficoltà. Per le nostre imprese è meglio la pioggia ». Egli mise una leggera paura in Schemarjah. Siccome la taverna davanti alla quale si trovavano era silenziosa e chiusa, Schemarjah non aveva pensato alla sua importanza fino a che le parole dell'accompagnatore non gli rammentarono il suo piano. « Entriamo! » disse, come uno che non voglia rimandare più a lungo il pericolo. « Non c'è bisogno che ti affretti, dovremo aspettare fin troppo! ».

Tuttavia l'uomo si accostò alla finestra e bussò piano alle imposte di legno. La porta si aprì e sprigionò un largo fascio di luce gialla sulla terra notturna. Entrarono. Dietro il banco, proprio nel cono di luce di una lampada appesa, stava l'oste e faceva loro un cenno col capo, sul pavimento erano accoccolati un paio d'uomini e giocavano a dadi. A un tavolo era seduto Kapturak con un uomo in divisa di brigadiere. Nessuno alzò gli occhi. Si sentiva l'acciottolio dei dadi e il ticchettare dell'orologio a muro. Schemarjah si sedette. Il suo accompagnatore ordinò da bere. Schemarjah bevve una grappa, gli venne caldo ma era tranquillo. Si sentiva sicuro come mai prima d'ora; sapeva che stava vivendo uno dei rari momenti in cui l'uomo deve plasmare il proprio destino non meno di quanto fa la grande potenza che glielo ha assegnato.

L'orologio aveva suonato da poco la mezzanotte quando si sentì uno sparo, secco e forte, con un eco che trascorse lentamente. Kapturak e il brigadiere si alzarono. Era il segnale convenuto, col quale la sentinella avvisava che il controllo notturno dell'ufficiale di frontiera era avvenuto. Il brigadiere sparì. Kapturak esortò la gente a mettersi in marcia. Tutti si alzarono pigramente, si misero in spalla fagotti e valigie, la porta si aprì, sgocciolarono a uno a uno nella notte e presero la via del confine. Tentarono di cantare, ma qualcuno ordinò il silenzio, era la voce di Kapturak. Non si capiva se venisse dalle file davanti, dal mezzo, dal fondo. Camminarono dunque in silenzio tra il fitto stridere dei grilli e l'azzurro cupo della notte. Dopo una mezz'ora la voce di Kapturak comandò: a terra! Si lasciarono cadere sul terreno umido di rugiada, restarono immobili, premettero il loro palpito contro la terra bagnata, commiato dei cuori dalla patria. Poi ebbero l'ordine di alzarsi. Arrivarono a un largo fossato poco profondo, una luce ammiccò alla loro sinistra, era la luce della garitta delle sentinelle. Attraversarono il fossato. Ligia al dovere, ma senza mirare, la sentinella scaricò il fucile dietro a loro.

« Siamo fuori! » gridò una voce.

In quel momento il cielo si rischiarò a oriente. Gli uomini si voltarono indietro, verso la patria, sulla quale sembrava pesare ancora la notte, e poi si volsero di nuovo incontro al giorno e al paese straniero.

Uno cominciò a cantare, tutti lo seguirono, cantando si misero in marcia. Solo Schemarjah non cantava con gli altri. Pensava al suo prossimo futuro (possedeva due rubli); alla mattina a casa sua. Fra due ore laggiù il babbo si levava, mormorava una preghiera, si schiariva la gola, faceva i gargarismi, andava alla catinella e versava l'acqua. La mamma soffiava nel samovar. Menuchim balbettava un qualche cosa nell'aria mattutina, Mirjam si toglieva col pettine della lanugine bianca dai capelli neri. Tutto questo Schemarjah lo vedeva così distintamente come non l'aveva mai visto quando era ancora a casa e lui stesso era parte del mattino domestico. Sentiva a stento il canto degli altri, solo i suoi piedi seguivano il ritmo e marciavano a tempo con loro.

Un'ora più tardi scorse la prima città straniera, il fumo azzurro dai primi solerti camini, un uomo con una fascia gialla al braccio, che prese in consegna i nuovi venuti. Dall'orologio di un campanile suonavano le sei.

Anche dall'orologio a muro dei Singer suonavano le sei. Mendel si levò, fece i gargarismi, si schiarì la gola, mormorò una preghiera, Deborah era già al focolare e soffiava nel samovar, Menuchim balbettava qualcosa d'incomprensibile dal suo angolo, Mirjam si pettinava davanti allo specchio appannato. Poi Deborah sorseggiò il tè caldo, in piedi, sempre accanto al focolare. « Dove sarà ora Schemarjah? » disse a un tratto. Tutti avevano pensato a lui.

« Dio lo aiuterà! » disse Mendel Singer. E così cominciò il giorno.

Così cominciarono i giorni seguenti, giorni vuoti, giorni di pena. « Una casa senza figli » pensava Deborah. « Tutti li ho partoriti, tutti li ho allattati, un soffio di vento li ha dispersi ». Si guardava intorno in cerca di Mirjam, di rado trovava la figlia a casa. Menuchim soltanto era rimasto alla madre. Sempre tendeva le braccia, ogni volta che lei passava davanti al suo angolo. E quando lo baciava, cercava il suo seno, come un poppante. Con un senso di rimprovero pensava all'auspicio che si avverava così lentamente e si domandava dubbiosa se mai sarebbe arrivata a vedere la guarigione di Menuchim.

La casa taceva quando cessava la cantilena degli scolari. Taceva ed era cupa. Era di nuovo inverno. Si risparmiava il petrolio. Si andava a dormire per tempo.

Si sprofondava riconoscenti nella notte benigna. Di tanto in tanto Jonas mandava un saluto. Prestava servizio a Pskow, godeva della sua solita buona salute e non aveva difficoltà coi superiori.

Così trascorsero gli anni.

VI

Un pomeriggio di tarda estate uno straniero entrò nella casa di Mendel Singer. Porta e finestra erano aperte. Le mosche, tranquille, nere e sazie, stavano incollate alle pareti su cui batteva il sole ardente, e la cantilena degli scolari fluiva dalla casa aperta nella viuzza bianca. A un tratto si accorsero dello straniero nella cornice della porta e ammutolirono. Deborah si alzò dallo sgabello. Dal lato opposto della viuzza accorse Mirjam trascinando con mano impetuosa il traballante Menuchim. Mendel Singer si piantò davanti allo straniero e lo squadrò. Era un uomo insolito. Portava un enorme cappello nero alla calabrese, pantaloni larghi, chiari, svolazzanti, solidi stivali gialli e, come una bandiera, sulla sua camicia verde scura sventolava una sgargiante cravatta rossa. Senza muoversi disse qualcosa, evidentemente un saluto, in una lingua incomprensibile. Si aveva l'impressione che parlasse con una ciliegia in bocca. Dei picciuoli verdi occhieggiavano comunque dalle tasche della sua giacca. Il suo labbro superiore, glabro e piuttosto lungo, si sollevava lentamente come un sipario e scopriva una forte dentatura gialla, che faceva pensare a un cavallo. I bambini risero e anche Mendel Singer sorrise sotto i baffi. Lo straniero tirò fuori una lettera ripiegata per il lungo e lesse l'indirizzo e il nome dei Singer nella sua tipica maniera, sicché tutti risero un'altra volta. America! disse ora l'uomo e porse la lettera a Mendel Singer. Un felice presentimento balzò al cuore di Mendel e illuminò il suo viso. « Schemarjah » disse. Con un gesto della mano mandò via i suoi scolari, come si scacciano le mosche. Essi corsero fuori. Lo straniero si sedette. Deborah mise in tavola tè, confetti e limonata. Mendel aprì la lettera. Deborah e Mirjam si sedettero anche loro. E Singer cominciò a leggere quel che segue:

« Caro babbo, cara mamma, cara Mirjam e buon Menuchim,

« a Jonas non mi rivolgo, perché ora lui è soldato. Vi prego anzi di non fargli pervenire questa lettera direttamente, perché potrebbe avere delle noie se sta in corrispondenza con un fratello disertore. Per questo, anche, ho aspettato tanto e non vi ho scritto per posta, sinché ho trovato finalmente l'occasione di mandarvi questa lettera con il mio buon amico Mac. Vi conosce tutti dai miei racconti, ma non potrà dirvi una parola perché non solo è americano lui, ma anche i suoi genitori sono nati in America, e non è nemmeno ebreo. Ma è meglio di dieci ebrei.

« E così comincio a raccontarvi dal principio fino a oggi: anzitutto, quando ho passato il confine, non avevo nulla da mangiare, solo due rubli in tasca, ma pensavo, Dio provvederà. Per conto di una compagnia di navigazione triestina è venuto a prenderci alla frontiera un uomo col berretto di servizio. Eravamo in dodici, gli altri undici avevano tutti del denaro, si sono comperati documenti falsi e biglietti per la nave e l'agente della compagnia di navigazione li ha portati al treno. Io sono andato con loro. Ho pensato, non può nuocere. Si va con loro, in ogni caso vedrò cosa succede quando si parte per l'America. Io solo sono dunque rimasto lì con l'agente e lui si meraviglia che non parta anch'io. « Non ho un copeco » dico all'agente. Chiede se so leggere e scrivere. « Un poco, » dico io « ma forse basta ». Insomma, per non farvela troppo lunga, l'uomo aveva un lavoro per me. E cioè: ogni giorno, quando arrivano i disertori, andare al confine, prenderli in consegna e provvedere a tutte le loro spese e convincerli che in America scorrono fiumi di latte e miele. *Well*: io comincio a lavorare e il cinquanta per cento del mio guadagno lo do all'agente, perché sono soltanto sottoagente. Lui porta un berretto col nome della compagnia ricamato in oro, io ho soltanto una fascia al braccio. Dopo due mesi gli dico che dovrei avere il sessanta per cento, se no rinuncio al lavoro. Lui mi dà il sessanta. Per farla breve, nella locanda dove abito conosco una bella ragazza, Vega si chiama, e ora è vostra nuora. Suo padre mi ha dato un po' di denaro perché mi mettessi negli affari, io però non riesco in nessun modo a dimenticare che quegli undici sono partiti per l'America e che io solo sono rimasto indietro. Allora dico addio a Vega, di navi me ne intendo, è il mio ramo, no?... e così parto per l'America. Ed eccomi qua, due mesi fa è venuta Vega, ci siamo sposati e siamo molto felici. Mac ha in tasca le fotografie. Ho cominciato con l'attaccare bottoni ai pantaloni, poi stiravo i pantaloni, poi cucivo le fodere delle maniche e c'è mancato poco che non diventassi un sarto, come tutti gli ebrei in America. Poi però ho conosciuto Mac in una gita a Long Island, proprio al Fort Lafayette. Quando sarete qui vi mostrerò il posto. Da quel momento in poi ho cominciato a lavorare insieme con lui, ogni genere di affari. Finché ci siamo messi nelle assicurazioni. Io assicuro gli ebrei e lui gli irlandesi, ho persino assicurato già un paio di cristiani. Mac vi darà dieci dollari da parte mia, compratevi qualcosa, per il viaggio. Perché presto vi mando i biglietti per la nave, con l'aiuto di Dio. Vi abbraccio e vi bacio tutti,

vostro figlio Schemarjah
(qui mi chiamo Sam) ».

Quando Mendel ebbe terminato la lettera, subentrò nella stanza un silenzio pieno di risonanze che sembrò fondersi con la pace di quel giorno d'estate inoltrata e nel quale tutti i membri della famiglia ebbero l'impressione di udire la voce del figlio emigrato. Anzi, Schemarjah stesso parlava, laggiù, nella lontana America, dove a quest'ora forse era notte o mattina. Per un momento tutti dimenticarono la presenza di Mac. Era come se fosse diventato invisibile, dietro il lontano Schemarjah, come un postino che consegna una lettera, prosegue e sparisce. Fu lui stesso, l'americano, che dovette richiamare l'attenzione su di sé. Si alzò e infilò la mano nella tasca dei pantaloni, come un prestigiatore che si accinga a prodursi in un suo gioco. Tirò fuori un portafoglio e ne tolse dieci dollari e delle fotografie, nelle quali si vedeva Schemarjah, una volta con sua moglie Vega su una panchina fra il verde e un'altra volta da solo, in costume da bagno, sulla spiaggia, un corpo e una faccia in mezzo a una dozzina di corpi e facce sconosciute, non più Schemarjah ma Sam. Il biglietto da dieci dollari e le fotografie lo straniero li porse a Deborah, dopo aver brevemente scrutato tutti, come per saggiare la fidatezza di ciascuno. Lei accartocciò il biglietto in una mano, con l'altra mise le fotografie sul tavolo, accanto alla lettera. Tutto ciò durò un paio di minuti, nei quali persistette il silenzio. Finalmente Mendel Singer appoggiò l'indice sulla fotografia e disse: « Questo è Schemarjah! ». « Schemarjah! » ripeterono gli altri, e perfino Menuchim, che ormai superava il tavolo, emise un sonoro nitrito e con guercia circospezione posò uno dei suoi timidi sguardi sulle fotografie.

A un tratto per Mendel Singer fu come se lo straniero non fosse più straniero ed ebbe l'impressione di capire la sua strana lingua. « Raccontatemi qualcosa! » disse a Mac. E l'americano, quasi avesse compreso le parole di Mendel, cominciò a muovere la sua grossa bocca e a raccontare con allegro fervore cose incomprensibili, pareva quasi che masticasse diversi cibi gustosi con mirabile appetito. Raccontò ai Singer che era venuto in Russia per un affare di luppolo, essendo interessato alla creazione di fabbriche di birra a Chicago. Ma i Singer non lo capirono. Giacché era lì, non voleva assolutamente rinunciare a vedere il Caucaso e soprattutto a salire su quell'Ararat di cui aveva già letto diffusamente nella bibbia. Se gli ascoltatori avevano seguito il racconto di Mac con i segni della maggior attenzione, spiando di cogliere da tutto quel caotico borbottio magari una sola minuscola sillaba comprensibile, ora i loro cuori sussultarono alla parola « Ararat », che parve loro stranamente nota, ma anche orrendamente alterata e che rotolò dalla bocca di Mac con un minaccioso brontolio di tuono. Solo Mendel Singer continuava a sorridere. Per lui era piacevole ascoltare questa lingua che ormai era diventata anche quella di suo figlio Schemarjah, e mentre Mac parlava, Mendel cercava d'immaginarsi che faccia avesse suo figlio quando pronunciava quelle stesse parole. E presto fu per lui come se dalla bocca dello straniero, con il suo allegro macinare, parlasse la voce del suo proprio figliolo.

L'americano terminò la sua conferenza, fece il giro

del tavolo e strinse la mano a tutti cordialmente e calorosamente. Menuchim, lo sollevò in aria con una mossa brusca, considerò la sua testa inclinata, il collo sottile, le mani livide e senza vita, le gambe storte, e lo mise a sedere sul pavimento con un tenero e meditato dispregio, quasi a significare che le creature strane devono stare accoccolate per terra e non in piedi presso il tavolo. Poi, grande e grosso e un po' dondolante, le mani nelle tasche dei pantaloni, uscì dalla porta spalancata e dietro a lui si pigiò l'intera famiglia. Si fecero tutti schermo agli occhi con la mano, guardando nella viuzza inondata di sole in mezzo alla quale Mac si allontanava, finché, giunto in fondo, egli si fermò per fare ancora un breve cenno di saluto.

A lungo restarono lì fuori, anche dopo che Mac fu scomparso. Tenevano le mani sugli occhi e guardavano nel pulviscolo sfolgorante della strada deserta. Finalmente Deborah disse: « E così se n'è andato! ». E come se soltanto ora lo straniero fosse scomparso, ritornarono tutti dentro e restarono abbracciati, ognuno con un braccio sulle spalle dell'altro, davanti alle fotografie sul tavolo. « Quanto sono dieci dollari? » chiese Mirjam e cominciò a fare il calcolo.

« Non ci interessa quanto sono dieci dollari, » disse Deborah « tanto non ci compreremo nulla ».

« Perché no? » replicò Mirjam « dobbiamo partire coi nostri stracci? ».

« Chi parte e per dove? » gridò la madre.

« Per l'America, » disse Mirjam e sorrise « anche Sam l'ha scritto ».

Era la prima volta che un membro della famiglia aveva chiamato Schemarjah « Sam » e pareva quasi che Mirjam avesse pronunciato apposta il nome americano del fratello per dare più forza alla richiesta di lui che la famiglia andasse in America.

« Sam! » gridò Mendel Singer « chi è Sam? ».

« Già, » ripeté Deborah « chi è Sam? ».

« Sam! » disse, sempre con un sorriso, Mirjam « è mio fratello in America e vostro figlio! ».

I genitori tacquero.

A un tratto la voce di Menuchim risonò stridula dall'angolo dove era andato a nascondersi.

« Menuchim non può partire! » disse Deborah con un filo di voce, quasi temesse che il malato la potesse capire.

« Menuchim non può partire! » ripeté con lo stesso filo di voce Mendel Singer.

Il sole parve tramontare rapidamente. Sul muro della casa di fronte, che tutti fissavano attraverso la finestra aperta, l'ombra nera si alzava a vista d'occhio, come il mare all'arrivo della marea risale le pareti della sponda. Si levò un vento leggero e l'imposta della finestra cigolò sui cardini.

« Chiudi la porta, c'è corrente! » disse Deborah.

Mirjam si accostò alla porta. Prima di toccare la maniglia indugiò un momento in silenzio e sporse la testa fuori dall'uscio nella direzione in cui era scomparso Mac. Poi Mirjam chiuse la porta con un colpo secco e disse: « È il vento! ».

Mendel si mise alla finestra. Guardava l'ombra della sera strisciare su per il muro. Alzò la testa e osservò il cornicione inondato di luce dorata della casa di fronte. Stette a lungo così, la sua stanza, sua moglie, sua figlia Mirjam e l'infermo Menuchim alle spalle. Li sentiva tutti e indovinava ogni loro movimento. Sapeva che Deborah appoggiava la testa sul tavolo per piangere, che Mirjam voltava la faccia verso il focolare e che le sue spalle di tanto in tanto sussultavano, sebbene lei non piangesse affatto. Sapeva che sua moglie aspettava solo il momento in cui lui avrebbe preso il suo libro per andare al tempio a dire la preghiera della sera, e Mirjam avrebbe agguantato lo scialle giallo per correre dai vicini. Allora Deborah avrebbe seppellito sotto l'asse del pavimento il biglietto da dieci dollari che teneva ancora in mano. Quell'assicella del pavimento, Mendel Singer la conosceva. Ogni volta che ci metteva sopra il piede essa tradiva schicchiolando il segreto che nascondeva e gli rammentava il ringhiare dei cani che Sameschkin teneva legati davanti alla sua stalla. Quell'assicella, Mendel Singer la conosceva. E per non dover pensare ai cani neri di Sameschkin che considerava sinistri, viventi incarnazioni del peccato, evitava di calpestare l'assicella, se proprio non era sovrappensiero e non camminava su e giù per la stanza infervorato nella lezione. Come vide dunque la striscia dorata del sole restringersi sempre di più e dal cornicione della casa scivolare sul tetto e da qui sul fumaiolo bianco, per la prima volta in vita sua credette di sentire con chiarezza il silenzioso e maligno scorrere dei giorni, l'astuzia proditoria dell'eterno avvicendarsi di giorno e notte, di estate e inverno, e il fluire della vita, uniforme nonostante tutti i terrori attesi o inaspettati. Questi crescevano solo su quelle rive mutevoli, e davanti a loro passava Mendel Singer. Veniva un uomo dall'America, rideva, portava una lettera, dollari e fotografie di Schemarjah e poi spariva nelle velate regioni della lontananza. I figli sparivano: Jonas serviva lo Zar a Pskow e non era più Jonas. Schemarjah faceva il bagno sulle rive dell'oceano e non si chiamava più Schemarjah. Mirjam seguiva con gli occhi l'americano e voleva andare anche lei in America. Solo Menuchim restava quello che era stato dal giorno della sua nascita: un minorato. E anche Mendel Singer restava quello che era sempre stato: un maestro.

La stretta via si oscurò completamente e nello stesso tempo si animò. La grassa moglie del maestro vetraio Chaim e la nonna novantenne del fabbro ferraio Jossel Kopp, defunto da un pezzo, portarono le loro sedie fuori di casa per mettersi davanti alla porta a godere il fresco della sera. Gli ebrei correvano al tempio neri e frettolosi mormorando rapidi saluti. Allora Mendel Singer si voltò, voleva mettersi in cammino anche lui. Passò accanto a Deborah che aveva ancora la testa appoggiata sul duro tavolo. Il suo viso, che Mendel già da anni non poteva più soffrire, era ora sepolto, adagiato sul legno duro come in un letto, e l'oscurità, che cominciava a empire la stanza, nascose anche la durezza e l'impaccio di Mendel. La sua mano scivolò rapida sulle larghe spalle della donna: familiare gli era stata un giorno questa carne, estranea gli era adesso. Lei si alzò e disse: « Vai a pregare! ». E siccome pensava ad altro, invertì la frase con una voce lontana e ripeté: « A pregare vai! ».

Insieme a suo padre Mirjam, con lo scialle giallo, lasciò la casa e si recò dai vicini.

Era la prima settimana del mese di Āb. Gli ebrei si riunivano dopo la preghiera della sera per salutare il novilunio, e siccome la notte era piacevole e, dopo la giornata calda, un vero ristoro, essi seguivano più volentieri del solito i loro cuori devoti e il comandamento divino di salutare la rinascita della luna in uno spiazzo libero, sul quale il cielo s'inarchi più vasto e imponente che sopra le strette viuzze della cittadina. Ed essi corsero, muti e neri, a gruppetti irregolari, dietro le case, videro in lontananza il bosco che era nero e silenzioso come loro, ma eterno nella sua radicata consistenza, videro i veli della notte sulla distesa dei campi, e finalmente si fermarono. Alzarono gli occhi al cielo e cercarono l'arco d'argento del nuovo astro, che oggi nasceva un'altra volta, come il giorno della sua creazione. Si strinsero in un gruppo compatto, aprirono i loro libri di preghiera, bianche scintillavano le pagine, nere e rigide stavano le lettere angolose davanti ai loro occhi nel notturno chiarore azzurrino, e cominciarono a mormorare il saluto alla luna e a dondolarsi col busto, sicché sembravano scossi da un'invisibile tempesta. Sempre più veloce si fece il loro dondolio, sempre più alta la loro preghiera, con animo bellicoso lanciavano le parole dei loro antichi padri al cielo lontano. Straniera era a loro la terra su cui stavano, ostile il bosco che li guardava fisso, astioso il latrare dei cani, di cui essi avevano destato l'udito diffidente, e familiari soltanto la luna, che oggi nasceva in questa contrada come nella terra dei padri, e il Signore, che vegliava dappertutto, in patria e nell'esilio.

Con un sonoro « amen » chiusero la benedizione, si dettero la mano l'un l'altro e si augurarono un mese felice, buon successo negli affari e salute ai malati. Si sparpagliarono, corsero uno a uno verso casa, sparirono nei vicoletti dietro le minuscole porte delle loro casupole sbilenche. Solo un ebreo restò indietro, Mendel Singer.

I suoi compagni si erano salutati da non più di qualche minuto, ma a lui sembrava di stare lì già da un'ora. Respirò l'indisturbata quiete dell'aria aperta, fece un paio di passi, si sentì debole, gli venne voglia di distendersi ed ebbe paura della terra sconosciuta e del pericoloso popolo di vermi che essa più che verosimilmente albergava. Gli venne in mente Jonas, il suo figliolo perduto. Jonas dormiva ora in una caserma, sul fieno, in una stalla, forse accanto a dei cavalli. Suo figlio Schemarjah viveva al di là dell'oceano: chi era più lontano, Jonas o Schemarjah? Deborah a casa aveva già seppellito i dollari, e Mirjam stava raccontando ai vicini la storia della visita dell'americano.

La giovane falce lunare diffondeva ormai una vivida luce argentea, e scivolava nella notte fedelmente accompagnata dalla stella più lucente del cielo. A volte i cani ululavano, spaventando Mendel. Laceravano la pace della terra e aumentavano l'inquietudine di Mendel Singer. Sebbene si trovasse a neanche cinque minuti di strada dalle case della cittadina, gli pareva di essere infinitamente distante dall'abitato mondo degli ebrei, indicibilmente solo, minacciato da pericoli e tuttavia incapace di tornare indietro. Si volse a nord: là respirava buio il bosco. A destra si estendevano per molte verste le paludi con i salici argentei sparsi qua e là. A sinistra i campi giacevano sotto veli opalescenti. Di tanto in tanto Mendel credeva di percepire un suono umano da una direzione indefinibile. Udiva parlare gente conosciuta e gli pareva anche di capirla. Poi si rammentò che questi discorsi li aveva già sentiti da molto tempo. Comprese che adesso li percepiva ancora una volta, unicamente il loro eco, che aveva atteso così a lungo nella sua memoria.

A un tratto, a sinistra fra il grano ci fu un fruscio, sebbene non si fosse levato il vento. Il fruscio si avvicinava sempre di più, ora Mendel poteva anche vedere agitarsi le spighe alte come un uomo, fra di esse doveva avanzare una persona, o magari una bestia enorme, un mostro. Certo sarebbe stato giusto scappare, ma Mendel aspettava e si preparava a morire. Un contadino o un soldato sarebbe ora uscito dal grano e avrebbe incolpato Mendel di furto, uccidendolo sul posto – forse con una pietra. Chissà, magari un vagabondo, un assassino, un malfattore che non voleva essere spiato e osservato. « Santo Iddio! » bisbigliò Mendel. Allora sentì delle voci. Erano due che camminavano in mezzo al grano e il fatto che non fosse uno solo tranquillizzò l'ebreo, sebbene si dicesse nello stesso tempo che potevano essere per l'appunto due assassini. No, non erano assassini, era una coppia di innamorati. Una voce di ragazza parlava, un uomo rideva. Anche le coppie di innamorati potevano diventare pericolose, c'erano molti esempi di uomini divenuti furiosi per aver sorpreso un testimone del loro amore. Fra poco i due sarebbero usciti dal campo. Mendel Singer vinse il suo pauroso disgusto dei vermi della terra e si distese con cautela, lo sguardo rivolto verso il grano. Ed ecco che le spighe si divisero, l'uomo sbucò per primo, un uomo in uniforme, un soldato col berretto blu scuro, con stivali e speroni, il metallo luccicava e tintinnava appena. Dietro a lui balenò uno scialle giallo, uno scialle giallo, uno scialle giallo. Risuonò una voce, la voce della ragazza. Il soldato si voltò, mise il braccio intorno alle spalle di lei, ora lo scialle si aprì, il soldato camminava dietro la ragazza, le mani le teneva sul suo seno, adagiata sul soldato camminava la ragazza.

Mendel chiuse gli occhi e lasciò che la sventura si allontanasse nel buio. Se non avesse avuto paura di tradirsi, si sarebbe tappato volentieri anche gli orecchi, per non dover sentire. Così invece dovette sentire: parole terribili, tintinnio argentino di speroni, folle sommesso ridacchiare e una profonda risata maschile. Struggendo attendeva ora il latrare dei cani. Se almeno avessero ululato forte, tanto forte dovevano ululare! Fossero usciti assassini dal grano per ucciderlo. Le voci si allontanarono. C'era silenzio. Era finito tutto. Non era successo nulla.

Mendel Singer si rizzò in fretta, si guardò intorno, sollevò con tutte e due le mani le falde del suo lungo abito e corse verso la città. Le imposte delle finestre erano chiuse ma diverse donne stavano ancora sedute davanti alle porte e chiacchieravano con voci stridule. Rallentò la corsa per non dare nell'occhio, pur camminando svelto a gran passi, le falde dell'abito sempre in mano. Davanti a casa sua si fermò. Bussò alla finestra. Deborah l'aprì. « Dov'è Mirjam? » chiese Mendel. « È ancora a spasso, » disse Deborah « non si riesce a tenerla! Giorno e notte va a spasso. È molto se sta a casa mezz'ora. Dio mi ha punito con questi figli, quando mai al mondo si è... ». « Sta' zitta, » l'interruppe Mendel « quando Mirjam torna, dille che ho chiesto di lei. Oggi non vengo a casa, torno domattina. Oggi è l'anniversario della morte di mio nonno Zallel, vado a pregare ».

E si allontanò senza aspettare una risposta di sua moglie.

Dovevano essere trascorse appena tre ore da quando aveva lasciato il tempio. Ora che vi rientrava, aveva l'impressione di ritornarci dopo molte settimane e passò delicatamente la mano sul coperchio del suo vecchio leggio festeggiando con lui il nuovo incontro. Lo rialzò e tese il braccio verso quel vecchio librone nero che era di casa nelle sue mani e che egli avrebbe riconosciuto senza esitare fra mille libri dello stesso tipo. Tanto gli era familiare il cuoio liscio della legatura con le isolette rotonde di stearina in rilievo, residui incrostati d'innumerevoli candele consumate da tempo, e gli angoli inferiori delle pagine porosi, giallognoli, unti, tre volte ondulati a forza di sfogliarli per decenni con dita inumidite. Qualsiasi preghiera gli servisse sul momento sapeva ritrovarla in un battibaleno. Era scolpita nella sua memoria coi più minuti tratti fisionomici che essa aveva in questo libro di preghiera, il numero dei righi, il tipo e la grandezza del carattere a stampa e l'esatta sfumatura di colore delle pagine.

Nel tempio si faceva buio, la luce giallognola delle candele sulla parete orientale, accanto allo stipo dei rotoli della *torah*, non scacciava il buio, ma sembrava piuttosto rintanarvisi dentro. Attraverso le finestre si vedeva il cielo e alcune stelle e, all'interno, si distinguevano tutti gli oggetti, i leggii, il tavolo, le panche, i pezzettini di carta sul pavimento, i candelabri a bracci alla parete, un paio di fodere con le frange dorate. Mendel Singer accese due candele, le appiccicò bene sul nudo legno del leggio, chiuse gli occhi e cominciò a pregare. A occhi chiusi sapeva riconoscere quando una pagina era finita, meccanicamente la voltava. A poco a poco il suo busto si abbandonò al tradizionale dondolio, tutto il corpo, con moto regolare, pregava con lui, i piedi raspavano le assi del pavimento, le mani chiuse a pugno picchiavano come martelli sul leggio, sul petto, sul libro e nell'aria. Sulla panca della stufa dormiva un ebreo senza tetto. I suoi respiri accompagnavano e sostenevano il canto monotono di Mendel Singer, che era come, nel giallo deserto, un canto fervido, perduto e familiare con la morte. La sua stessa voce e il respiro del dormiente stordirono Mendel, scacciarono ogni pensiero dal suo cuore, non era più altro che un orante, le parole traverso lui andavano al cielo, un vaso vuoto egli era, un imbuto. Così pregava incontro al mattino.

Il giorno alitava alle finestre. I lumi si fecero deboli e smorti, dietro le basse casupole si vedeva già alzarsi il sole, con fiamme scarlatte empiva le due finestre orientali dell'edificio. Mendel smorzò le candele, mise via il libro, aprì gli occhi e si dispose ad andare. Uscì all'aperto. C'era odore d'estate, di paludi che si prosciugavano e di verde ridesto. Le imposte delle finestre erano ancora chiuse. Gli uomini dormivano.

Mendel picchiò tre volte con la mano alla sua porta. Era pieno d'energia e fresco, come se avesse dormito a lungo e senza sogni. Sapeva esattamente cosa c'era da fare. Deborah aprì. « Fammi un tè, » disse Mendel « poi ho da dirti qualcosa. È a casa Mirjam? ». « Naturalmente, » rispose Deborah « dove dovrebbe essere? Credi che sia già in America? ».

Il samovar ronzava, Deborah soffiò su un bicchiere e lo lustrò. Poi Mendel e Deborah bevvero insieme, entrambi protendendo le labbra e sorseggiando. A un tratto Mendel posò il bicchiere e disse: « Partiremo per l'America. Menuchim dovrà restare qui. Dobbiamo portare Mirjam con noi. Una sventura ci pende sulla testa se restiamo ». Rimase zitto un momento e disse poi piano:

« Va con un cosacco ».

Il bicchiere cadde tintinnando dalle mani di Deborah. Mirjam nell'angolo si svegliò, e Menuchim si mosse nel suo sonno torpido. Poi il silenzio. Milioni di allodole gorgheggiavano sopra la casa, sotto il cielo.

Con un lampo di luce il sole colpì la finestra, incontrò il lucido samovar di latta e lo accese a farne uno specchio curvo.

Così iniziò il giorno.

VII

A Dubno si va col carro di Sameschkin; a Mosca si va con la ferrovia; in America si va non solo con una nave, ma anche con dei documenti. Per averli bisogna andare a Dubno.

Deborah si reca dunque da Sameschkin. Sameschkin non è più seduto sulla panca della stufa, non è neanche a casa, è giovedì e c'è il mercato dei maiali, Sameschkin non può tornare che fra un'ora.

Deborah va su e giù, su e giù davanti alla casupola di Sameschkin, il pensiero fisso all'America.

Un dollaro è più di due rubli, un rublo sono cento copechi, due rubli valgono duecento copechi, quanti copechi, in nome del cielo, vale un dollaro? Quanti dollari manderà in seguito Schemarjah? L'America è un paese benedetto.

Mirjam va con un cosacco, in Russia può ben farlo, ma in America non ci sono cosacchi.

La Russia è un paese triste, l'America è un paese libero, un paese allegro. Mendel non sarà più un maestro, il padre di un figlio ricco sarà.

L'attesa non dura un'ora, non dura due ore, solo dopo tre ore Deborah sente gli stivali chiodati di Sameschkin.

È sera ma è ancora caldo. Il sole obliquo è già diventato giallo, ma ritirarsi non vuole, molto lentamente tramonta stasera. Deborah suda per il caldo e l'eccitazione e mille insoliti pensieri.

Ora che Sameschkin si avvicina, ha ancora più caldo. Egli porta un pesante berretto d'orso, velloso e in alcuni punti intignato, e una corta pelliccia sopra degli sporchi pantaloni di tela infilati nei pesanti stivali. Eppure lui non suda.

Nell'istante in cui Deborah lo vede, sente già anche il suo odore, perché puzza d'acquavite. Sarà un affare serio trattare con lui. È già un'impresa riuscire a persuadere Sameschkin quando non ha bevuto.

Lunedì c'è mercato di maiali a Dubno. Non è per niente una circostanza favorevole che Sameschkin abbia già fatto il mercato di maiali in città, non dovrebbe avere più motivo di andare a Dubno e il viaggio costerà denaro.

Deborah taglia la strada a Sameschkin. Lui barcolla, i pesanti stivali lo tengono dritto. Fortuna che non è a piedi nudi!... pensa Deborah non senza disprezzo.

Sameschkin non riconosce la donna che gli sbarra il passo. « Via le donne! » grida e fa un gesto con la mano che è per metà una stretta e per metà una percossa.

« Sono io! » dice Deborah coraggiosamente. « Lunedì partiamo per Dubno! ».

« Dio ti benedica! » grida Sameschkin cordiale. Si ferma e si appoggia col gomito sulla spalla di Deborah. Lei non si muove per paura che Sameschkin cada. Sameschkin pesa settanta chili buoni, tutto il suo peso poggia ora sul gomito e questo gomito poggia sulla spalla di Deborah.

È la prima volta che un uomo estraneo le è così vicino. Ha paura, ma pensa pure che è già vecchia, pensa anche al cosacco di Mirjam e a quanto tempo Mendel non l'ha più toccata.

« Sì, tesoro, » dice Sameschkin « lunedì partiamo per Dubno e per strada andiamo a letto insieme ».

« Vergogna, vecchio, » dice Deborah « lo dirò a tua moglie, sei forse ubriaco? ».

« Ubriaco non è, » risponde Sameschkin « ha solo bevuto. Ma che ci vai a fare a Dubno, se non vai a letto con Sameschkin? ».

« Documenti, » dice Deborah « partiamo per l'America ».

« Il viaggio costa cinquanta copechi, se non vai a letto con Sameschkin, e trenta se vai a letto con lui. Un bambinello ti farà, lo avrai in America, un ricordo di Sameschkin ».

Deborah rabbrividisce nonostante il gran caldo.

Tuttavia dice, ma solo dopo un minuto: « Io non vado a letto con te e pago trentacinque copechi ».

Sameschkin sta improvvisamente in piedi da solo, ha tirato via il gomito dalla spalla di Deborah, sembra che gli siano sbolliti i fumi dell'alcool:

« Trentacinque copechi! » dice con voce ferma.

« Lunedì mattina alle cinque ».

« Lunedì mattina alle cinque ».

Sameschkin rientra nel suo cortile e Deborah s'avvia lentamente a casa.

Il sole è tramontato. Il vento soffia da occidente, all'orizzonte si accumulano nuvole violette, domani pioverà. Deborah pensa: domani pioverà, e sente un dolore reumatico al ginocchio, gli dà il benvenuto al vecchio nemico fedele. S'invecchia! pensa. Le donne invecchiano prima degli uomini, Sameschkin ha la sua età precisa o anche di più. Mirjam è giovane e va con un cosacco.

Alla parola « cosacco », che aveva pronunciato a voce alta, Deborah ebbe un moto di spavento. Fu come se solo il suono di quella parola le avesse dato coscienza della terribile realtà.

A casa vide sua figlia Mirjam e suo marito, Mendel. Sedevano al tavolo, il padre e la figlia, e tacevano con tale persistenza, che Deborah, subito appena entrata, seppe che era ormai un vecchio silenzio, un silenzio familiare, saldamente insediato.

« Ho parlato con Sameschkin » cominciò Deborah. « Lunedì mattina alle cinque vado a Dubno, per i documenti. Trentacinque copechi vuole ». E siccome aveva addosso il diavolo della vanità, aggiunse: « Per così poco, viaggia solo con me! ».

« Ma tu non puoi andarci da sola » disse Mendel Singer con stanchezza nella voce e angoscia nel cuore. « Ho parlato con molti ebrei che se ne intendono. Loro dicono che devo andarci io in persona dall'*urjadnik* ».

« Tu dall'*urjadnik*? ».

In realtà non era facile immaginarsi Mendel Singer in un ufficio. Mai in vita sua aveva parlato con un *urjadnik*. Mai aveva potuto incontrare un poliziotto senza tremare. Le uniformi, i cavalli e i cani li scansava accuratamente. Proprio Mendel avrebbe dovuto parlare con un *urjadnik*?

« Non preoccuparti, Mendel, » disse Deborah « di cose che tu riusciresti solo a rovinare. Sistemerò tutto da sola ».

« Tutti gli ebrei » obiettò Mendel « mi hanno detto che devo comparire di persona ».

« Allora lunedì andiamo insieme! ».

« E dove starà Menuchim? ».

« Mirjam resta con lui! ».

Mendel guardò sua moglie. Cercò d'incontrare con lo sguardo i suoi occhi che nascondeva timorosa sotto le palpebre. Mirjam, che da un angolo osservava il tavolo, poté vedere lo sguardo del padre e il suo cuore prese a battere più in fretta. Lunedì aveva un appuntamento, lunedì aveva un appuntamento. Per tutto l'ultimo, caldo scorcio dell'estate aveva appuntamenti. Il suo amore fioriva tardi, fra le spighe alte, Mirjam temeva il raccolto. Già aveva sentito, qualche volta, come i contadini si preparavano, come affilavano le falci sulle coti azzurre. Dove sarebbe andata quando i campi fossero stati spogli? In America doveva andare. Una vaga immagine della libertà dell'amore in America, fra le alte case che nascondevano ancor meglio delle spighe di grano nel campo, la consolava del raccolto che s'avvicinava. Ci mancava poco. Mirjam non aveva tempo da perdere. Amava Stepan. Lui sarebbe rimasto lì. Amava tutti gli uomini, tempeste si scatenavano da loro, eppure quelle mani violente accendevano pian piano le fiamme nel cuore. Stepan si chiamavano gli uomini, Ivan e Vsevolod. In America c'erano ancora molti più uomini.

« Io non resto sola a casa, » disse Mirjam « ho paura! ».

« Bisogna metterle un cosacco in casa » Mendel disse la sua. « Perché le faccia la guardia ».

Mirjam arrossì. Pensò che il padre vedesse il suo rossore sebbene lei stesse nell'angolo, in ombra. Il suo rossore doveva certo rifulgere nel buio, come una lampada rossa era acceso il viso di Mirjam. Lo coprì con le mani e scoppiò in lacrime.

« Esci! » disse Deborah « è tardi, chiudi le imposte! ».

Uscì a tastoni, guardinga, le mani sempre davanti agli occhi. Fuori stette un momento ferma. Tutte le stelle del cielo erano là, vive e vicine, quasi avessero aspettato Mirjam davanti a casa. Il loro chiaro, dorato splendore, racchiudeva lo splendore del grande mondo libero, erano piccoli specchietti in cui si riflettevano le luci dell'America.

Si avvicinò alla finestra, guardò dentro, dalle facce dei genitori cercò d'indovinare che cosa potevano dire. Non indovinò nulla. Staccò gli uncini di ferro dalle imposte di legno spalancate e chiuse i due battenti, come un armadio. Pensò a una bara. Seppelliva i genitori nella piccola casetta. Non sentì malinconia. Mendel e Deborah Singer erano sepolti. Il mondo era grande e vivo. Stepan, Ivan e Vsevolod erano vivi. L'America era viva, al di là del grande oceano, con tutte le sue alte case e con milioni di uomini.

Quando rientrò nella stanza, suo padre, Mendel Singer, disse:

« Neanche le imposte sa chiudere, ci mette mezz'ora! ».

Ebbe un gemito, si alzò e si accostò alla parete a cui era appesa la piccola lampada a petrolio, col serbatoio azzurro scuro e il cilindro fuligginoso, legata con un filo arrugginito a uno specchio rotondo e incrinato che aveva il compito di rafforzare, senza spesa, la scarsa luce. L'apertura superiore del cilindro sorpassava la testa di Mendel Singer. Invano egli tentò di spegnere la lampada. Si mise sulla punta dei piedi, soffiò, ma lo stoppino non faceva che prender più fuoco.

Nel frattempo Deborah accese una piccola candela giallognola e la mise sul focolare di mattoni. Mendel Singer salì con un lamento su una sedia e spense finalmente la lampada. Mirjam si distese nell'angolo accanto a Menuchim. Si sarebbe spogliata solo quando era buio. Aspettò trattenendo il respiro, con le palpebre chiuse, finché il padre ebbe finito di mormorare la preghiera della sera. Attraverso il buco rotondo di un nocchio nell'imposta vedeva l'azzurro e dorato splendore della notte. Si svestì e si palpò i seni. Le facevano male. La pelle aveva una sua memoria e si rammentava in ogni punto delle mani grosse, dure e calde degli uomini. L'olfatto aveva una sua memoria e serbava l'odore di sudore maschile, acquavite e cuoio bulgaro, senza tregua, con tormentosa fedeltà. Sentiva i genitori russare e il rantolo di Menuchim. Allora Mirjam si alzò, in camicia, a piedi nudi, con le pesanti trecce che si accomodò davanti e che le arrivavano fino alle cosce, levò il catenaccio e uscì fuori, nella notte sconosciuta. Respirò profondamente. Le parve di aspirare tutta quanta la notte, tutte le stelle d'oro inghiottì col suo respiro, ma sempre di più ne ardevano nel cielo. Rane gracidavano e grilli stridevano, il lembo nord-orientale del cielo era orlato da una larga striscia argentea in cui sembrava già racchiuso il mattino. Mirjam pensava al campo di grano, il suo giaciglio nuziale. Girò intorno alla casa. Ed ecco risplendere da lontano il grande muro bianco della caserma. Mandava incontro a Mirjam un paio di deboli luci. In una grande sala dormivano Stepan, Ivan e Vsevolod e molti altri uomini.

L'indomani era venerdì. Si doveva preparare ogni cosa per il sabato, le polpette di carne, il luccio e il brodo di pollo. Si cominciava a cuocere fin dalle sei di mattina. Quando la larga striscia argentea divenne rossastra, Mirjam scivolò di nuovo nella stanza. Non si addormentò più. Attraverso il buco del nocchio nell'imposta vide le prime fiamme del sole. Padre e madre cominciavano già a muoversi nel sonno. Era mattina.

Il sabbat passò, la domenica Mirjam la trascorse nel campo di grano, con Stepan. Sul tardi, si allontanarono molto, fino al vicino villaggio, Mirjam bevve della grappa. Tutto il giorno la cercarono a casa. Che la cercassero pure! La sua vita era preziosa, l'estate era breve, fra poco cominciava il raccolto. Nel bosco fece un'altra volta l'amore con Stepan. L'indomani, lunedì, il padre andava a Dubno per procurare i documenti.

Alle cinque di mattina, il lunedì, Mendel Singer si alzò. Bevve il tè, pregò, poi mise via in fretta il filatterio e andò da Sameschkin.

« Buongiorno! » gridò da lontano. Mendel Singer aveva l'impressione che già lì, prima di salire sul carro di Sameschkin, cominciassero le pratiche d'ufficio e che egli dovesse salutare Sameschkin come un *urjadnik*.

« Viaggio più volentieri con tua moglie! » disse Sameschkin. « È ancora piacente per la sua età e ha un seno come si deve ».

« Partiamo » disse Mendel.

I cavalli nitrivano e battevano la coda sul posteriore. « Eeeh! Arri! » gridò Sameschkin e fece schioccare la frusta.

Alle undici di mattina arrivarono a Dubno.

Mendel dovette aspettare. Entrò, il berretto in mano, per il grande portone. L'usciere portava una sciabola.

« Dove vuoi andare? » chiese.

« Voglio andare in America – dove devo rivolgermi? ».

« Come ti chiami? ».

« Mendel Mechelovitsch Singer ».

« Che ci vai a fare in America? ».

« A guadagnare soldi, le cose mi vanno male ».

« Vai al numero ottantaquattro » disse l'usciere. « Là ce ne sono già molti che aspettano ».

Erano seduti in un grande corridoio a volta dipinto di giallo ocra. Uomini in uniforme blu stavano di guardia davanti alle porte. Lungo le pareti c'erano delle panche marroni – tutte le panche erano occupate. Ma ogni volta che arrivava uno nuovo, gli uomini in blu facevano un gesto con la mano; e quelli che erano già seduti si stringevano e il nuovo trovava sempre posto. Fumavano, sputavano, schiacciavano semi di zucca e russavano. Qui il giorno non era giorno. Attraverso il vetro smerigliato di un altissimo, lontanissimo lucernario si poteva afferrare una vaga sensazione del giorno. Degli orologi ticchettavano da qualche parte, ma andavano di pari passo col tempo, che in questi alti corridoi si era arrestato.

Di tanto in tanto un uomo in uniforme blu gridava un nome. Tutti i dormienti si destavano. Quello che era stato chiamato si alzava, si avviava barcollando verso una porta, si rassettava un po' il vestito ed entrava in una delle alte porte a due battenti che, invece della maniglia, avevano un pomo bianco rotondo. Mendel rifletteva a come avrebbe maneggiato questo pomo per aprire la porta. Si alzò, a forza di stare a sedere incuneato fra quelle persone gli dolevano tutte le membra. Ma non aveva fatto in tempo a sollevarsi che un uomo in blu si accostò a lui. « *Sidaj!* » gridò l'uomo in blu « siediti! ». Mendel Singer non trovò più posto sulla panca. Rimase in piedi lì accanto stringendosi alla parete col desiderio di diventare piatto come il muro.

« Aspetti il numero ottantaquattro? » chiese l'uomo in blu.

« Sì » disse Mendel. Era convinto che ora fossero decisi a buttarlo definitivamente fuori. Deborah dovrà tornare qui un'altra volta. Cinquanta copechi più cinquanta copechi fanno un rublo.

Ma l'uomo in blu non aveva l'intenzione di cacciare via Mendel. All'uomo in blu premeva che tutti quelli in attesa stessero ai loro posti così da poterli tenere tutti sott'occhio. Se uno si alzava, poteva darsi anche che buttasse una bomba.

Gli anarchici qualche volta si travestono – pensava l'usciere. E fece cenno a Mendel di avvicinarsi, tastò l'ebreo, chiese i documenti. E siccome tutto era in regola e Mendel non aveva più il posto, disse l'uomo in blu: « Fa' attenzione! Vedi la porta a vetri? Aprila. Quello è il numero ottantaquattro! ».

« Che vuoi tu qui? » urlò un uomo dalle spalle quadrate dietro la scrivania. Proprio sotto il ritratto dello Zar stava seduto l'impiegato. Era fatto di un paio di mustacchi, una testa calva, spalline e bottoni. Era come un bel busto, dietro il suo largo calamaio di marmo. « Chi ti ha dato il permesso di entrare direttamente qui? Perché non ti sei fatto annunciare? » sbraitò una voce fuori dal busto.

Mendel Singer faceva intanto un profondo inchino. A una tale accoglienza non era preparato. S'inchinò e lasciò che il tuono gli passasse sopra la schiena, voleva farsi piccolo piccolo, schiacciarsi al suolo, come se fosse stato sorpreso da un temporale in aperta campagna. Le pieghe del suo lungo vestito si aprirono e l'impiegato vide un lembo dei pantaloni frusti di Mendel Singer e il cuoio consumato dei gambali. Questa vista rese l'impiegato più mite. « Avvicinati! » ordinò – e Mendel si accostò, la testa in avanti, come se volesse prendere d'assalto la scrivania. Solo quando vide d'essere già vicino all'orlo del tappeto Mendel alzò un poco la testa. L'impiegato sorrise.

« Da' qua i documenti! » disse.

Poi ci fu silenzio. Si sentiva ticchettare un orologio. Attraverso le persiane filtrava la luce dorata di un tardo pomeriggio. Le carte frusciavano. Di tanto in tanto l'impiegato rifletteva un momento, guardava in aria e, di colpo, acchiappava una mosca con la mano. Teneva la minuscola bestia nel suo pugno gigantesco, l'apriva con cautela, strappava un'ala con la punta delle dita, poi l'altra, e stava ancora un po' a osservare come l'insetto mutilato continuasse a trascinarsi sulla scrivania.

« La domanda? » chiese a un tratto « dov'è la domanda? ».

« Io non so scrivere, vossignoria illustrissima! » si scusò Mendel.

« Questo lo so, scimunito, che non sai scrivere! Non ti ho chiesto il certificato scolastico, ti ho chiesto la domanda. E che ci sta a fare lo scrivano? Eh? Al pianterreno? Al numero tre? Eh? Perché lo Stato mantiene uno scrivano? Per te, asino, appunto perché tu non sai scrivere. Vai dunque al numero tre. Scrivi la domanda. Di' che ti mando io, perché tu non debba aspettare e sia subito sistemato. Poi vieni da me. Ma domani! E domani pomeriggio per quanto mi riguarda puoi partirtene! ».

Mendel s'inchinò un'altra volta. Camminava all'indietro, non osava voltare le spalle all'impiegato, interminabile gli sembrò il tratto dalla scrivania alla porta. Aveva l'impressione di camminare da un'ora. Finalmente sentì la porta vicina. Si voltò rapido, afferrò il pomo, lo girò prima a sinistra poi a destra, quindi fece un altro inchino. Era di nuovo, finalmente, nel corridoio.

Al numero tre c'era seduto un impiegato comune, senza spalline. Era una stanza bassa maleolente, molte persone stavano intorno al tavolo, lo scrivano scriveva e scriveva, picchiando ogni volta con impazienza la penna sul fondo del calamaio. Scriveva lesto, ma non finiva mai. Veniva sempre altra gente. Ciò nonostante ebbe anche il tempo di accorgersi di Mendel.

« Mi manda sua signoria illustrissima, il signore del numero ottantaquattro » disse Mendel.

« Vieni qua » disse lo scrivano.

La gente gli fece largo.

« Un rublo per il bollo! » disse lo scrivano. Mendel frugò nel suo fazzoletto azzurro in cerca di un rublo. Era un rublo lustro, sonante. Lo scrivano non prese la moneta, si aspettava almeno altri cinquanta copechi. Mendel non capiva nulla dei desideri, per quanto chiari, dello scrivano.

Allora lo scrivano si arrabbiò. « Son documenti questi? » disse. « Brandelli sono! Che ti si disfano in mano ». E come senza volere strappò uno dei documenti, si era diviso in due parti uguali e l'impiegato prese la gomma arabica per riappiccicarle. Mendel Singer tremava.

La gomma arabica era troppo secca, l'impiegato sputò nella boccetta, poi la riscaldò col fiato. Ma rimaneva secca. A un tratto gli venne un'idea, gli si leggeva in faccia che a un tratto gli era venuta un'idea. Aprì un cassetto, ci mise dentro i documenti di Mendel Singer, lo richiuse, strappò da un blocco un foglietttino verde, lo timbrò, lo dette a Mendel e disse: « Sai che cosa? Domani mattina alle nove vieni qua! Così siamo soli. Così possiamo parlarci tranquillamente. I tuoi documenti son qui da me. Li vieni a prendere domani. Presenti il foglietto! ».

Mendel se ne andò. Sameschkin aspettava fuori, seduto sull'acciottolato accanto ai cavalli, il sole tramontava, scendeva la sera.

« Possiamo partire solo domani, » disse Mendel « alle nove devo ritornare ».

Andò in cerca di un oratorio per potervi pernottare. Comprò un pezzo di pane, due cipolle, mise tutto in tasca, fermò un ebreo e gli chiese di un oratorio. « Andiamoci insieme » disse l'ebreo.

Per strada Mendel raccontò la sua storia.

« Da noi, all'oratorio, » disse l'ebreo « puoi trovare un uomo che ti sistema tutta la questione. Ha già mandato molte famiglie in America. Conosci Kapturak? ».

« Kapturak? Naturalmente! Ha fatto partire mio figlio! ».

« Vecchi clienti! » disse Kapturak. Durante la tarda estate si tratteneva a Dubno, riceveva negli oratori. « Quella volta venne tua moglie da me. Tuo figlio me lo rammento ancora. Gli va bene, vero? Kapturak ha la mano felice ».

Risultò che Kapturak era pronto a occuparsi della faccenda. Per intanto costava dieci rubli a testa. Un anticipo di dieci rubli Mendel non poteva darlo. Kapturak trovò una soluzione. Si fece dare l'indirizzo del giovane Singer. Entro quattro settimane avrebbe avuto la risposta e i soldi, se il figlio aveva veramente l'intenzione di far venire i suoi genitori.

« Dammi il foglietto verde, la lettera dall'America e fidati di me! » disse Kapturak. E i presenti annuirono. « Puoi tornare a casa oggi stesso. Fra un paio di giorni passo io da voi. Fidati di Kapturak! ».

Un paio fra i presenti ripeterono: « Fidati tranquillamente di Kapturak! ».

« È una fortuna » disse Mendel « avervi incontrati qui! ».

Tutti gli dettero la mano e gli augurarono buon viaggio. Ritornò nella piazza del mercato, dove aspettava Sameschkin. Questi stava già per mettersi a dormire sul suo carro.

« Con un ebreo solo il diavolo può combinare qualcosa di sicuro! » disse. « E allora partiamo! ».

Partirono.

Sameschkin si legò le redini intorno al polso, pensava di dormire un poco. Si appisolò davvero e i cavalli s'impaurirono per l'ombra di uno spaventapasseri che un mariolo aveva portato via da un campo e piantato sul margine della strada. Le bestie presero il galoppo, il carro sembrò sollevarsi in aria, fra un po', pensava Mendel, avrebbe cominciato a svolazzare, anche il suo cuore, gli pareva, galoppava, voleva uscirgli dal petto e saltare via lontano.

A un tratto Sameschkin mandò una sonora bestemmia. Il carro scivolò giù in un fossato, i cavalli si ergevano ancora con le zampe davanti sulla strada, Sameschkin era lungo disteso sopra Mendel Singer.

S'arrampicarono fuori. Il timone era schiantato, una ruota si era allentata, a un'altra mancavano due raggi. Dovevano restare lì tutta la notte. L'indomani si sarebbe visto il da farsi.

« Così comincia il tuo viaggio in America » disse Sameschkin. « Ma anche voi, cosa viaggiate sempre per il mondo! È il diavolo che vi spinge da un posto all'altro. Noialtri si resta dove si è nati, e solo se c'è la guerra si va in Giappone! ».

Mendel Singer taceva. Sedeva sul ciglio della strada accanto a Sameschkin. Per la prima volta in vita sua Mendel Singer era seduto sulla nuda terra, nel cuore della notte, accanto a un contadino. Vedeva sopra di sé il cielo e le stelle e pensava: nascondono Dio. Tutto questo il Signore l'ha creato in sette giorni. E se un ebreo vuole andare in America ci vogliono anni!

« Vedi com'è bella la campagna? » chiese Sameschkin. « Presto verrà il raccolto. È un'annata buona. Se è buona come m'immagino, compro un altro cavallo in autunno. Hai notizie di tuo figlio Jonas? Se ne intende di cavalli. È tutto diverso da te. Che tua moglie ti abbia tradito? ».

« Tutto è possibile » rispose Mendel. Improvvisamente si sentiva sollevato, poteva capire tutto, la notte lo liberava dai pregiudizi. Si appoggiò perfino affettuosamente a Sameschkin, come a un fratello.

« Tutto è possibile, » ripeté « le donne non valgono nulla ».

A un tratto Mendel cominciò a singhiozzare. Mendel piangeva, nel bel mezzo di una notte sconosciuta, accanto a Sameschkin.

Il contadino si premette i pugni contro gli occhi perché sentiva che anche lui stava per piangere.

Poi mise un braccio intorno alle esili spalle di Mendel e disse piano:

« Dormi, caro ebreo, riposati! ».

Restò a lungo sveglio. Mendel Singer dormiva e russava. Le rane gracidarono fino al mattino.

VIII

Due settimane dopo in una gran nuvola di polvere arrivava con fracasso davanti alla casa di Mendel Singer un piccolo calesse a due ruote e portava un ospite: era Kapturak.

Annunciò che i documenti erano pronti. Se fra quattro settimane giungeva una risposta dall'America, da Schemarjah detto Sam, allora la partenza della famiglia Singer era assicurata. Era venuto soltanto per dire questo, Kapturak; e che gli sarebbe stato più gradito un anticipo di venti rubli che non dover detrarre in seguito la somma dai soldi di Schemarjah.

Deborah andò nel ripostiglio, fatto di assi di legno marce, che stava nel cortiletto, si sfilò la blusa dalla testa, prese dal seno un fazzoletto annodato e si contò nella mano otto rubli sonanti. Poi si rinfilò la blusa, entrò in casa e disse a Kapturak: « È tutto quello che ho potuto racimolare dai vicini. Deve accontentarsi ».

« Con dei vecchi clienti si lascia correre! » disse Kapturak, balzò sul suo calessino giallo leggero come una piuma e scomparve in un attimo entro una nuvola di polvere.

« Kapturak è stato da Mendel Singer! » diceva la gente nella cittadina. « Mendel parte per l'America ».

In effetto, il viaggio di Mendel Singer in America cominciava già. Tutti gli davano consigli contro il mal di mare. Comparvero un paio di compratori a vedere la casetta di Mendel. Erano pronti a pagare mille rubli, una somma per la quale Deborah avrebbe dato cinque anni della sua vita.

Mendel Singer però disse: « Lo sai, Deborah, che Menuchim deve restare? Con chi resterà? Billes il mese prossimo sposa sua figlia al suonatore Fogl. Finché non hanno un bambino i due giovani possono tenere Menuchim. In compenso diamo a loro la casa senza prendere soldi ».

« È già cosa decisa per te che Menuchim resti qua? Ci sono almeno un paio di settimane prima della nostra partenza, prima d'allora Dio farà sicuramente un miracolo ».

« Se Dio vuol fare un miracolo, » rispose Mendel « non te lo farà sapere prima. Dobbiamo sperare. Se andiamo in America, lasciamo qui Menuchim. Dobbiamo mandare Mirjam da sola in America? Chissà che cosa combina, sola in viaggio e sola in America. Menuchim è tanto malato che solo un miracolo può aiutarlo. Se un miracolo lo aiuta, allora può seguirci. Perché l'America è sì molto lontana, ma non è poi fuori di questo mondo ».

Deborah restò zitta. Sentiva le parole del rabbi di Kluczýsk: « Non lo abbandonare, resta con lui, come se fosse un bambino sano! ». E lei non restava con lui. Per lunghi anni, giorno e notte, ora per ora aveva aspettato il miracolo promesso. I morti nell'aldilà non aiutavano, il rabbi non aiutava, Dio non voleva aiutare. Un mare di lacrime aveva pianto. Notte nel suo cuore c'era stata, pena in ogni gioia, dalla nascita di Menuchim. Tutte le feste erano state tormenti e giorni di lutto tutti i giorni di festa. Niente più primavera né estate. Inverno si chiamavano tutte le stagioni. Il sole sorgeva ma non riscaldava. Solo la speranza non voleva morire. « Quello resta un minorato » dicevano tutti i vicini. Perché a loro non erano toccate disgrazie, e chi non ha disgrazie non crede neanche ai miracoli.

Anche chi ha disgrazie non crede ai miracoli. Miracoli accadevano in tempi antichissimi, quando gli ebrei vivevano ancora in Palestina. Da allora non ce ne sono più stati. Eppure: non erano forse veri i prodigi che si raccontavano del rabbi di Kluczýsk? Non aveva reso la vista ai ciechi e affrancato i paralitici? Cos'era successo alla figlia di Nathan Piczenik? Matta era. La portarono a Kluczýsk. Il rabbi la guardò. Disse la sua formula. Poi sputò tre volte. E la figlia di Piczenik tornò libera, leggera e assennata a casa.

Gli altri hanno fortuna, pensava Deborah. Per i miracoli bisogna avere anche fortuna. Ma i figli di Mendel Singer non hanno fortuna. Sono figli di un maestro!

« Se tu fossi una persona assennata, » disse a Mendel « domani andresti a Kluczýsk a chiedere consiglio al rabbi ».

« Io? » chiese Mendel. « Cosa devo fare io dal tuo rabbi? Ci sei già stata una volta, tornaci! Abbi fede in lui, a te darà un consiglio. Tu sai che io non ci credo. Nessun ebreo ha bisogno di un intermediario col Signore. Egli esaudisce le nostre preghiere se non facciamo niente di male. Se però facciamo del male, ci può punire! ».

« Per che cosa ci punisce ora? Abbiamo fatto del male? Perché è crudele? ».

« Tu lo bestemmi, Deborah, lasciami in pace, non

posso parlare ancora con te ». E Mendel si sprofondò in un libro di devozione.

Deborah afferrò il suo scialle e uscì. Fuori c'era Mirjam. Stava lì nella luce rossa del tramonto, con un vestito bianco che brillava di riflessi arancione, coi suoi capelli neri lisci e lucidi, e guardava diritto verso il sole calante coi grandi occhi neri che teneva spalancati, benché il sole dovesse abbagliarla. « È bella, » pensò Deborah « bella così sono stata anch'io una volta, bella come mia figlia – che ne è stato di me? La moglie di Mendel Singer sono diventata. Mirjam va con un cosacco, è bella, forse ha ragione ».

Mirjam sembrò non vedere sua madre. Osservava con fissità appassionata il sole infocato che ora stava per inabissarsi dietro un pesante baluardo violetto di nuvole. Da alcuni giorni ogni sera c'era a occidente questa massa scura, preannunciava tempesta e pioggia e il giorno dopo era sparita di nuovo. Mirjam aveva notato che nell'istante in cui il sole s'inabissava, laggiù, nella caserma della cavalleria, i soldati cominciavano a cantare, un'intera *sotnia* cominciava a cantare, sempre la stessa canzone: *polubil ja tibia za twoju krasotu*. Il servizio era finito, i cosacchi salutavano la sera. Mirjam ripeteva sottovoce le parole della canzone, della quale conosceva solo i primi due versi: mi sono innamorato di te per la tua beltà. A lei era destinata la canzone di un'intera *sotnia*! Cento uomini cantavano per lei. Una mezz'ora dopo s'incontrava con uno di loro o anche con due. A volte venivano in tre.

Scorse la madre, rimase tranquilla dov'era, sapeva che Deborah si sarebbe avvicinata. Da settimane la madre non osava più chiamare Mirjam. Era come se Mirjam stessa emanasse un po' di quel terrore che avvolgeva i cosacchi, come se la figlia fosse già sotto la protezione dell'estranea e selvaggia caserma.

No, Deborah non chiamava più Mirjam. Deborah

andava da Mirjam. Deborah, con un vecchio scialle, era lì, vecchia, brutta, timorosa di fronte a Mirjam avvolta nella sua luce dorata, si era fermata al margine del marciapiede di legno quasi obbedisse a un'antica legge che imponeva alle madri brutte di stare una mezza versta più in basso delle figlie belle.

« Il babbo è arrabbiato, Mirjam! » disse Deborah.

« Lascia che si arrabbi, » rispose Mirjam « il tuo Mendel Singer ».

Per la prima volta Deborah udì il nome del padre dalla bocca di uno dei suoi figli. Per un istante le sembrò che fosse un'estranea a parlare, non la figlia di Mendel. Un'estranea – per quale ragione avrebbe dovuto anche dire « babbo »? Deborah stava per tornare indietro, si era sbagliata, aveva parlato a una persona estranea. Fece appena l'atto di voltarsi. « Resta! » ordinò Mirjam – e per la prima volta Deborah fu colpita dal tono duro di voce con cui parlava sua figlia. « Una voce di rame » pensò Deborah. Suonava come una delle odiate e temute campane della chiesa.

« Resta qui, mamma! » ripeté Mirjam « lascialo solo tuo marito, vieni con me in America. Lascia qui Mendel Singer e Menuchim l'idiota ».

« L'ho pregato di andare dal rabbi, lui non vuole. Da sola non ci vado più a Kluczýsk. Ho paura! Già una volta mi ha proibito di lasciare Menuchim, dovesse la sua malattia durare degli anni. Che cosa devo dirgli, Mirjam? Devo dirgli che dobbiamo andar via per causa tua, perché tu, perché tu... ».

« Perché io me la intendo coi cosacchi » terminò Mirjam senza scomporsi. E continuò: « Digli quello che vuoi, cosa vuoi che me ne importi. In America sì, che farò quello che voglio. Perché tu hai sposato un Mendel Singer, non è detto che debba sposarne uno anch'io. Hai forse un partito migliore per me, eh? Hai una dote per tua figlia? ».

Mirjam non alzava la voce, anche le sue domande non suonavano come domande, sembrava che parlasse di cose indifferenti, che discutesse sui prezzi della verdura e delle uova. « Ha ragione » pensava Deborah. « Buon Dio aiutami, ha ragione ».

Tutti i buoni spiriti Deborah chiamò in aiuto. Perché sentiva che doveva dare ragione a sua figlia, lei stessa parlava per bocca di sua figlia. Deborah cominciò ad aver paura di se stessa, proprio come un momento prima aveva avuto paura di Mirjam. Accadevano cose piene di minaccia. Il canto dei soldati echeggiava di laggiù senza tregua. Ancora una piccola striscia di sole rosso emergeva dal violetto.

« Devo andare » disse Mirjam, si staccò dal muro dove era appoggiata, leggera come una farfalla bianca volò via dal marciapiede e, a passi veloci e civettuoli si avviò, nel mezzo della strada, in direzione della caserma, incontro al canto di richiamo dei cosacchi.

A cinquanta passi dalla caserma, in mezzo al piccolo sentiero fra il grande bosco e il grano di Sameschkin, l'aspettava Ivan.

« Partiamo per l'America » disse Mirjam.

« Non mi dimenticherai, » ammonì Ivan « verso quest'ora, al tramonto del sole, penserai sempre a me e non agli altri. E forse, con l'aiuto di Dio, ti raggiungerò, tu mi scriverai. Pavel mi leggerà le tue lettere, non scrivere troppe cose intime di noi due, se no mi farai vergognare ». Baciò Mirjam forte e ripetutamente, i suoi baci schioccavano come spari nella sera. Un diavolo di ragazza, pensò, ora va via, in America, me ne devo cercare un'altra. Bella come questa non ce ne sono altre, ancora quattro anni di servizio ho da fare. Era alto, forte come un toro e timido. Le sue mani di gigante tremavano quando doveva toccare una ragazza. Non era neanche pratico in cose d'amore, tutto gli aveva insegnato Mirjam, che razza di pensieri non si era già fatta venire!

Si abbracciarono, come ieri e l'altro ieri, in mezzo al campo, sdraiati tra i frutti della terra, circondati e coperti dalla volta del grano pesante. Docili si adagiarono le spighe quando Mirjam e Ivan ci si buttarono; ancor prima che si buttassero giù, le spighe sembrarono adagiarsi. Oggi il loro amore fu più violento, più breve e quasi spaventato. Pareva che già all'indomani Mirjam dovesse partire per l'America. L'addio già tremava nel loro amore. Mentre si fondevano l'uno nell'altro, erano già lontani, separati dall'oceano. « Come è bene » pensava Mirjam « che non sia lui a partire e io che resto ». Giacquero a lungo spossati, inermi, muti, come feriti gravi. Migliaia di pensieri si agitavano nei loro cervelli. Non si accorsero della pioggia che era infine arrivata. Era cominciata piano piano e insidiosa, durò a lungo, finché le sue gocce furono abbastanza pesanti da aprirsi un varco nel fitto e dorato riparo delle spighe. A un tratto furono in balìa dell'acqua scrosciante. Si svegliarono, si misero a correre. La pioggia li sbalordì, trasformò completamente il mondo, tolse loro la cognizione del tempo. Pensarono che fosse già tardi, tesero l'orecchio, se mai sentissero battere le ore dalla torre, ma solo la pioggia si sentiva scrosciare, sempre più fitta, sempre più fitta, tutte le altre voci della notte erano sinistramente ammutolite. Si baciarono sui visi bagnati, si strinsero le mani, c'era l'acqua fra loro, nessuno dei due poté sentire il corpo dell'altro. Frettolosamente si salutarono, le loro strade si dividevano, già Ivan era ravvolto nella pioggia e invisibile. « Mai più lo rivedrò! » pensò Mirjam mentre correva a casa. « Viene il raccolto. Domani i contadini si spaventeranno, perché una pioggia ne porta delle altre ».

Arrivò a casa, aspettò un momento sotto la gronda,

come se fosse possibile asciugarsi in un breve minuto. Si decise a entrare nella stanza. Era buio, tutti dormivano già. Si coricò quatta quatta, fradicia com'era, si lasciò asciugare i vestiti addosso e non si mosse più. Fuori scrosciava la pioggia.

Tutti sapevano già che Mendel partiva per l'America, uno dopo l'altro gli scolari disertarono la lezione. Ora erano rimasti solo cinque ragazzi, e anche loro non venivano regolarmente. I documenti, Kapturak non li aveva ancora portati, né Sam aveva ancora mandato i biglietti per la nave. Ma già la casa di Mendel Singer cominciava a sfasciarsi. « Come dev'essere stata marcia » pensava Mendel. « Era marcia e non si sapeva. Chi non sa vigilare somiglia a un sordo ed è anche peggio di un sordo – così sta scritto da qualche parte. Qui mio nonno è stato maestro, qui mio padre è stato maestro, qui io sono stato un maestro. Ora parto per l'America. Mio figlio Jonas l'hanno preso i cosacchi, Mirjam me la vogliono prendere. Menuchim – che ne sarà di Menuchim? ».

La sera di quello stesso giorno egli si recò dalla famiglia Billes. Era una famiglia contenta, a Mendel sembrava che avesse immeritatamente molta fortuna; tutte le figlie erano sposate, compresa la più giovane, alla quale appunto voleva offrire la sua casa, tutti e tre i figli erano sfuggiti al servizio militare ed erano andati per il mondo, l'uno ad Amburgo, l'altro in California, il terzo a Parigi. Era una famiglia lieta, la mano di Dio vi posava sopra ed essa se ne stava ben adagiata nella larga mano di Dio. Il vecchio Billes era sempre allegro. Tutti i suoi figli erano stati a lezione da Mendel Singer. Il vecchio Billes era stato uno scolaro del vecchio Singer. Siccome ormai si conoscevano da tanto tempo, Mendel credeva di avere un piccolo diritto alla felicità di quegli estranei.

Alla famiglia Billes – non vivevano nell'abbondanza – piacque la proposta di Mendel Singer. Bene! – la giovane coppia prenderà in consegna la casa e in più Menuchim. « Non dà per niente da fare » disse Mendel Singer. « E anche migliora di anno in anno. Presto con l'aiuto di Dio sarà completamente guarito. Allora verrà qua il mio figliolo maggiore Schemarjah oppure manderà qualcuno per portare Menuchim in America ».

« E che notizie avete di Jonas? » chiese il vecchio Billes. Era diverso tempo che Mendel non aveva più notizie del suo cosacco, come lui lo chiamava in cuor suo – non senza disprezzo, ma anche non senza orgoglio. Tuttavia rispose: « Tutto bene! Ha imparato a leggere e a scrivere ed è stato promosso. Se non fosse un ebreo, chissà, forse sarebbe già ufficiale! ». Era impossibile per Mendel, in presenza di questa famiglia felice, starsene lì curvo sotto il peso della sua grande sventura. Perciò drizzava le spalle e fingeva un tantino di gioia.

Fu stabilito che Mendel Singer avrebbe ceduto in usufrutto la sua casa alla famiglia Billes davanti a semplici testimoni, senza procedure legali perché costavano denaro. Tre, quattro ebrei onorati bastavano come testimoni. Intanto Mendel ricevette un anticipo di trenta rubli, perché i suoi scolari non venivano più e i soldi in casa cominciavano a mancare.

Una settimana dopo Kapturak attraversò un'altra volta la cittadina col suo leggero calessino giallo. C'era tutto: i soldi, il biglietto per la nave, i passaporti, il visto, l'imposta personale per ciascuno e perfino l'onorario per Kapturak.

« Un pagatore puntuale » disse Kapturak. « Vostro figlio Schemarjah, detto Sam, è un pagatore puntuale. Un gentleman, dicono laggiù... ».

Fino al confine Kapturak avrebbe accompagnato la

famiglia Singer. Fra quattro settimane partiva il piroscafo *Nettuno* da Brema per New York.

La famiglia Billes venne a fare l'inventario. La biancheria da letto, sei cuscini, sei lenzuoli, sei federe a quadri rossi e blu, Deborah se la portava con sé; lasciarono i sacconi e la poca biancheria da letto per Menuchim.

Sebbene Deborah non avesse molto da imballare e tutti i pezzi che possedeva li tenesse in mente, pure era in continua attività. Imballava e sballava daccapo. Contava e ricontava le stoviglie. Due piatti li ruppe Menuchim. Il quale sembrò anzi perdere a poco a poco la sua ottusa tranquillità. Chiamava sua madre più spesso di prima, l'unica parola che da anni sapeva pronunciare la ripeteva una dozzina di volte, anche quando sua madre non era lì vicino. Era un idiota questo Menuchim! Un idiota! Si fa presto a dirlo! Ma chi può dire quale tempesta di paure e ansie avesse da sostenere l'anima di Menuchim in quei giorni, l'anima di Menuchim, che Dio aveva nascosto sotto l'impenetrabile manto dell'imbecillità! Sì, il disgraziato Menuchim si tormentava. Talvolta strisciava per conto suo, quatto quatto, dal proprio angolo fino davanti alla porta, si accoccolava sulla soglia, al sole, come un cane malato e strizzando gli occhi guardava i passanti, dei quali sembrava vedere solo gli stivali e i pantaloni, le calze e le sottane. A volte afferrava inaspettatamente il grembiule di sua madre e bofonchiava. Deborah lo prendeva in collo, per quanto avesse ormai un considerevole peso. Tuttavia lo cullava in braccio e cantava due, tre strofe staccate di una canzoncina per bambini, ormai completamente dimenticata, che cominciava a risvegliarsi nella sua memoria non appena sentiva tra le braccia il figlio infelice. Poi lo lasciava nuovamente accovacciato per terra e tornava al lavoro, che da giorni consisteva unicamente nell'imballare e nel contare. A un tratto s'interrompeva di nuovo. Restava un momento immobile, con occhi pensosi, che non erano dissimili da quelli di Menuchim: tanto erano senza vita, alla ricerca disperata, in un'ignota lontananza, di pensieri che il cervello si rifiutava di fornire. Il suo sguardo folle cadde sul saccone nel quale si dovevano cucire i guanciali. « Forse, » le venne in mente « si poteva cucire Menuchim in un saccone ». Subito dopo rabbrividì al pensiero che i doganieri avrebbero trapassato i sacchi dei passeggeri con lunghe aste appuntite. E cominciava daccapo a sballare, e le balenava l'idea di restare, come aveva detto il rabbi di Kluczýsk: « Non abbandonarlo, come se fosse un bambino sano! ». La forza che dà la fede, non la trovava più, e a poco a poco l'abbandonavano anche le forze di cui l'uomo ha bisogno per reggere alla disperazione.

Era come se loro, Deborah e Mendel, non avessero preso volontariamente la decisione di andare in America, ma l'America gli fosse venuta, gli fosse piombata addosso, con Schemarjah, Mac e Kapturak. Ora che se ne accorgevano, era troppo tardi. Non potevano più salvarsi dall'America. Erano arrivati i documenti, i biglietti per la nave, le imposte personali. « Cosa succede, » chiese Deborah una volta « se a un tratto, dall'oggi al domani, Menuchim guarisce? ». Mendel tentennò un po' il capo. Poi disse: « Se Menuchim guarisce, lo portiamo con noi! ». E ambedue si abbandonarono in silenzio alla speranza che Menuchim l'indomani o due giorni dopo si sarebbe alzato guarito dal suo giaciglio, sano nelle membra e col perfetto uso della parola.

La domenica devono partire. Oggi è giovedì. Per l'ultima volta Deborah sta davanti al suo focolare per preparare i cibi del sabbat, il pane bianco con semi di papavero e i panini a treccia. Schietto arde il fuoco, sibila e crepita, e il fumo riempie la stanza, come ogni giovedì, da trent'anni. Fuori piove. La pioggia risospinge indietro il fumo nel camino, la vecchia familiare macchia frastagliata nell'intonaco del soffitto si mostra di nuovo nella sua fresca umidità. Son dieci anni che dev'essere riparato il buco nelle scandole del tetto, ci penserà la famiglia Billes. È ormai pronto il grosso baule marrone rinforzato di ferro, con la sua solida barra di ferro alla chiusura e due lucchetti di ferro nuovi fiammanti. A volte Menuchim vi si accosta strisciando e li fa dondolare. Ne viene allora uno spietato sbatacchio, i lucchetti battono contro i cerchi di ferro e tremano a lungo e non si vogliono calmare. E il fuoco crepita e il fumo riempie la stanza.

La sera del sabbat Mendel Singer prese congedo dai suoi vicini. Si bevve l'acquavite giallo-verde fatta in casa da uno di loro e con i funghi secchi dentro. Così essa non solo ha un sapore forte, ma anche amaro. Il commiato dura più di un'ora. Tutti augurano buona fortuna a Mendel. Alcuni l'osservano dubbiosi, altri lo invidiano. Tutti però gli dicono che l'America è un paese stupendo. Un ebreo non può augurarsi niente di meglio che approdare in America.

Quella notte Deborah scese dal letto, e facendo accuratamente schermo con la mano a una candela, si avvicinò al giaciglio di Menuchim. Giaceva sul dorso, la sua pesante testa poggiava sulla coperta grigia arrotolata, le palpebre erano mezze aperte, si vedeva il bianco degli occhi. A ogni respiro il suo corpo tremava, le dita nel sonno si muovevano senza posa. Teneva le mani sul petto. Il suo viso dormiente era ancora più smorto e più flaccido che di giorno. Le labbra bluastre erano aperte, con una schiuma bianca, perlacea, agli angoli della bocca. Deborah spense il lume. Stette qualche secondo accoccolata accanto al figlio, si alzò e scivolò di nuovo nel letto. Non ne verrà fuori nulla – pensò – non ne verrà fuori nulla. Non si addormentò più.

La domenica, alle otto di mattina, arriva un messo di Kapturak. È l'uomo col berretto blu che un giorno ha portato Schemarjah al di là del confine. Anche oggi l'uomo col berretto blu resta sulla porta, rifiuta di bere il tè, aiuta in silenzio a portar fuori il baule e a caricarlo sul carro. Un carro comodo, c'è posto per quattro persone. I piedi poggiano nel fieno soffice, il carro odora come tutta quanta la campagna nella tarda estate. Le groppe dei cavalli brillano, strigliate e lucide, bruni specchi convessi. Un largo collare con sonagli d'argento sovrasta i loro colli snelli e alteri. Sebbene sia giorno fatto si vedono sprizzare le scintille dei loro zoccoli che battono la massicciata.

Ancora una volta Deborah tiene Menuchim in braccio. La famiglia Billes è già lì, circonda il carro e non smette di parlare. Mendel Singer siede a cassetta e Mirjam appoggia le spalle contro quelle del padre. Solo Deborah è ancora davanti alla porta, il disgraziato Menuchim in braccio.

A un tratto si stacca da lui. Lo depone con cautela sulla soglia, come si adagia un cadavere nella bara, si alza, si raddrizza, lascia scorrere le sue lacrime, sul viso nudo lacrime nude. È decisa. Suo figlio resta. Lei partirà per l'America. Non è successo nessun miracolo.

In lacrime sale sul carro. Non vede le facce delle persone alle quali stringe la mano. Due grandi mari di lacrime sono i suoi occhi. Sente battere gli zoccoli dei cavalli. Parte.

Lei getta un grido, non sa che grida, il grido erompe da lei, il cuore ha una bocca e grida. Il carro si ferma, lei balza fuori, agile come un ragazzo. Menuchim è ancora seduto sulla soglia. Lei si butta in terra davanti a Menuchim. Mamma, mamma! balbetta Menuchim. Lei rimane per terra.

La famiglia Billes solleva Deborah. Lei grida, si difende, infine ammutolisce. La riportano sul carro e l'adagiano sul fieno. Il carro corre molto veloce verso Dubno.

Sei ore dopo erano seduti in treno, un lento treno omnibus, insieme con molte persone sconosciute. Il treno attraversava adagio la campagna: i prati e i campi, dove si mieteva, i contadini e le contadine, le capanne e le greggi salutavano il treno. La placida canzone delle ruote assopiva i passeggeri. Deborah non aveva ancora detto una parola. Sonnecchiava. Le ruote del treno ripetevano incessantemente, incessantemente: Non abbandonarlo! Non abbandonarlo! Non abbandonarlo!

Mendel Singer pregava. Pregava a memoria e meccanicamente, non pensava al senso delle parole, il loro suono da solo bastava, Dio capiva che cosa significavano. Così Mendel acquietava la sua grande paura dell'acqua sulla quale sarebbe arrivato dopo qualche giorno. Di tanto in tanto gettava uno sguardo distratto su Mirjam. Era seduta di fronte a lui, a lato dell'uomo col berretto blu. Mendel non vedeva come lei si stringesse a quell'uomo. Questi non le rivolgeva la parola, aspettava il breve quarto d'ora fra l'inizio del crepuscolo e l'istante in cui il conduttore avrebbe acceso la minuscola fiammella a gas. Da quel quarto d'ora e, più tardi, dalla notte, quando le fiammelle a gas venivano spente di nuovo, l'uomo col berretto blu si riprometteva ogni sorta di delizie.

La mattina seguente egli si accomiatò con indifferenza dai vecchi Singer, solo a Mirjam strinse la mano con tacita cordialità. Erano alla frontiera. I controllori ritirarono i passaporti. Quando fu chiamato il nome di Mendel, questi tremò. Senza motivo. Tutto era in regola. Passarono.

Salirono su un altro treno, videro altre stazioni,

udirono nuovi segnali a campanella, videro nuove uniformi. Viaggiarono tre giorni e cambiarono treno due volte. Il pomeriggio del terzo giorno arrivarono a Brema. Un uomo della compagnia di navigazione urlò: Mendel Singer. La famiglia Singer si presentò. Nientemeno che nove famiglie aspettava l'impiegato. Li mise in fila, li contò tre volte, lesse a voce alta i nomi e dette a ciascuno un numero. E ora stavano là e non sapevano che farsene dei contrassegni di latta. L'impiegato andò via. Aveva promesso di ritornare presto. Ma le nove famiglie, venticinque persone, non si mossero. Stavano in fila sul marciapiede, i contrassegni in mano, i fagotti ai piedi. In fondo a sinistra, siccome si era presentato così tardi, stava Mendel Singer.

Durante tutto il viaggio a stento aveva scambiato una parola con la moglie e la figlia. Anche le due donne erano state zitte. Ora però Deborah sembrò non sopportare più il silenzio. « Perché non ti muovi? » chiese Deborah. « Nessuno si muove » rispose Mendel. « Perché non domandi alla gente? ». « Nessuno domanda ». « Che cosa stiamo aspettando? ». « Non so che cosa stiamo aspettando ». « Credi che mi possa sedere sul baule? ». « Siediti sul baule ».

Nell'istante in cui Deborah si era allargata le sottane per porsi a sedere, comparve l'impiegato della compagnia di navigazione e annunciò in russo, polacco, tedesco e jiddisch che intendeva scortare tutte e nove le famiglie al porto; che le avrebbe alloggiate in una baracca per la notte; e che l'indomani, alle sette di mattina, il *Nettuno* avrebbe levato l'ancora.

Stettero accampati nella baracca, a Bremerhaven, i contrassegni di latta spasmodicamente stretti nei pugni chiusi, anche durante il sonno. Per il gran russare dei venticinque e per i movimenti che ciascuno faceva su quel duro giaciglio, le travi tremavano tutte e le piccole lampadine elettriche gialle dondolavano piano. Era stato vietato di fare il tè. A bocca asciutta erano andati a dormire. Solo a Mirjam un parrucchiere polacco aveva offerto delle caramelle rosse. Con una grossa pallottola appiccicosa in bocca Mirjam si addormentò.

Alle cinque di mattina Mendel si svegliò. Scese a fatica dalla cuccetta di legno dove aveva dormito, cercò la conduttura dell'acqua, uscì a vedere dov'era l'oriente. Poi rientrò, si mise in un angolo a pregare. Bisbigliava fra sé, ma mentre bisbigliava lo colse il dolore cocente, gli artigliò il cuore e lo lacerò così forte che Mendel, nel mezzo del bisbiglio, ruppe in un lamento. Un paio di dormienti si svegliarono, guardarono giù e sorrisero dell'ebreo che saltellava e traballava nell'angolo, dondolava il busto avanti e indietro, eseguendo una misera danza in onore di Dio.

Mendel non aveva ancora finito che l'impiegato spalancò la porta. Un vento marino l'aveva soffiato dentro la baracca. « In piedi! » gridò un paio di volte e in tutte le lingue possibili.

Era ancora presto quando raggiunsero la nave. Fu loro concesso di dare un'occhiata alle sale da pranzo di prima e di seconda classe prima che li spingessero nell'interponte. Mendel Singer non si mosse. Stava sul gradino più alto di una scaletta di ferro, volgendo le spalle al porto, alla terra, al continente, alla patria, al passato. Sulla sua sinistra splendeva il sole. Azzurro era il cielo. Bianca era la nave. Verde era l'acqua. Venne un marinaio e ordinò a Mendel Singer di lasciare la scala. Lui rabbonì il marinaio con un cenno della mano. Era tranquillissimo e senza timore. Gettò un'occhiata di sfuggita al mare e attinse conforto dall'immensità dell'acqua ondulata. Eterna era. Mendel riconobbe che Dio stesso l'aveva creata. L'aveva versata dalla sua inesauribile fonte segreta. Ora si cullava fra i continenti. Giù sul suo fondo si attorcigliava Leviatano, il pesce sacro, che i pii e i giusti mangeranno il giorno del giudizio. *Nettuno* si chiamava la nave su cui stava Mendel. Era una grossa nave. Ma paragonata col Leviatano e il mare, col cielo e la saggezza dell'Eterno era una nave minuscola. No, Mendel non provava paura. Tranquillizzò il marinaio, lui, un piccolo ebreo nero su una nave gigantesca e di fronte all'oceano eterno, fece ancora una volta un mezzo giro su se stesso e mormorò la benedizione che si deve dire alla vista del mare. Fece un mezzo giro su se stesso e sparse una per una le parole della benedizione sulle onde verdi: « Lodato sii, Eterno, nostro Signore, che hai creato i mari, con i quali separi i continenti! ».

In quell'istante ulularono le sirene. Le macchine cominciarono a strepitare. E l'aria e la nave e gli uomini tremarono tutti. Solo il cielo restò fermo e azzurro, azzurro e fermo.

IX

La sera del quattordicesimo giorno di navigazione fu illuminata dalle grosse palle infocate che venivano sparate dai fari galleggianti. « Ora appare la statua della libertà » disse a Mendel Singer un ebreo che aveva già fatto questo viaggio due volte. « È alta centocinquantuno piedi, nell'interno è vuota, ci si può salire. Intorno alla testa porta un'aureola. Nella destra tiene una fiaccola. E il più bello è che questa fiaccola di notte è accesa, eppure non può mai consumarsi del tutto. Perché è solo illuminata elettricamente. Prodigi del genere fanno in America ».

La mattina del quindicesimo giorno furono sbarcati. Deborah, Mirjam e Mendel stavano stretti l'uno all'altro perché temevano di perdersi.

Vennero degli uomini in uniforme, a Mendel sembrarono un po' pericolosi sebbene non avessero sciabola. Alcuni portavano vestiti candidi e avevano l'aria per metà di gendarmi e per metà di angeli. Questi sono i cosacchi d'America, pensò Mendel Singer e guardò sua figlia Mirjam.

Furono chiamati in ordine alfabetico, ciascuno si accostò ai propri bagagli, non li trapassarono con aste acuminate. Forse si sarebbe potuto portare anche Menuchim, pensò Deborah.

A un tratto ecco Schemarjah dinanzi a loro.

Tutti e tre trasalirono allo stesso modo.

Rividero a un tempo la loro vecchia casetta, il vecchio Schemarjah e il nuovo Schemarjah, detto Sam.

Videro Schemarjah e Sam insieme, come se un Sam fosse stato calato sopra uno Schemarjah, un Sam trasparente.

Era sì Schemarjah, ma era Sam.

Erano due. L'uno portava un berretto nero, un vestito nero e stivali alti, e i primi morbidi peletti neri spuntavano dai pori delle sue guance.

Il secondo portava una giacca grigia chiara, un berretto candido, come il capitano, larghi pantaloni gialli, una camicia sgargiante di seta verde e il suo viso era liscio come una nobile pietra sepolcrale.

Il secondo era pressappoco Mac.

Il primo parlava con la sua vecchia voce, – udivano solo la voce, non le parole.

Il secondo dava una gran manata sulle spalle di suo padre dicendo (e ora soltanto udirono le parole): « Hallo, old chap! » e non capirono nulla.

Il primo era Schemarjah. Ma il secondo era Sam.

Sam baciò prima il padre, poi la madre, poi Mirjam. Tutti e tre sentirono l'odore del sapone da barba di Sam, che sapeva di bucaneve e anche un po' come di acido fenico. Li fece pensare a un giardino e allo stesso tempo a un ospedale.

In silenzio si ripeterono un paio di volte che Sam era Schemarjah. Allora soltanto si rallegrarono.

« Tutti gli altri » disse Sam « vanno in quarantena. Voi no! Mac ha sistemato tutto. Ha due cugini che sono impiegati qui dentro ».

Una mezz'ora dopo apparve Mac.

Aveva esattamente lo stesso aspetto di allora, quando era apparso nella loro cittadina. Robusto, chiassoso, sbraitante in una lingua incomprensibile e con le tasche già gonfie di dolci che cominciò subito a distribuire e a mangiare lui stesso. Una cravatta rosso fiammante gli sventolava come una bandiera sul petto.

« Dovete andare lo stesso in quarantena » disse Mac. Aveva esagerato. I suoi cugini erano sì impiegati in quei paraggi, però soltanto per il controllo doganale. « Ma vi accompagnerò io. Non dovete aver paura! ».

In realtà non era il caso di aver paura. Mac urlava a tutti gli impiegati che Mirjam era la sua fidanzata e Mendel e Deborah i suoi suoceri.

Ogni pomeriggio alle tre Mac veniva al recinto del campo. Allungava la mano attraverso i fili, sebbene fosse proibito, e salutava tutti. Dopo quattro giorni gli riuscì di liberare la famiglia Singer. In che modo gli fosse riuscito non lo svelò. Perché era una delle caratteristiche di Mac raccontare con gran calore cose che aveva inventato, e passare sotto silenzio cose che erano veramente accadute.

Insistette perché prima di andare a casa montassero su un carro a rastrelliera della sua ditta a guardarsi l'America in lungo e in largo.

Mendel Singer, Deborah e Mirjam furono caricati e portati a spasso.

Era una giornata serena e calda. Mendel e Deborah sedevano nella direzione di marcia, di fronte a loro Mirjam, Mac e Sam. Il pesante carro passava fragorosamente per le strade con impeto furioso, così sembrò a Mendel Singer, quasi fosse sua intenzione sconquassare per l'eternità pietre e asfalto e scuotere le fondamenta delle case. Il sedile di cuoio scottava sotto il corpo di Mendel come una stufa accesa. Sebbene viaggiassero nell'ombra pesante dei muri alti, il caldo, attraverso il vecchio berretto nero di reps di seta, arroventava il cranio di Mendel come grigio piombo fuso, penetrava nel suo cervello e lo saldava insieme con un fiato umido, attaccaticcio, doloroso. Dal suo arrivo non aveva quasi dormito, aveva mangiato poco e bevuto pressoché nulla. Portava le sue solite calosce di gomma sui pesanti stivali e i piedi gli bruciavano come nel fuoco vivo. Spasmodicamente stretto fra i ginocchi teneva il suo ombrello, la cui impugnatura di legno era calda da non toccarsi, come se fosse di ferro rovente. Davanti agli occhi di Mendel ondeggiava un fitto velo intessuto di fuliggine, polvere e calore. Pensò al deserto, attraverso il quale i suoi padri avevano vagato quarant'anni. Ma almeno loro erano andati a piedi, si disse. La fretta folle con la quale ora filavano produceva sì un po' di vento, ma era un vento caldo, l'alito infocato dell'inferno. Invece di rinfrescare, riscaldava. Il vento non era vento, era fatto di rumore e di grida, era un rumore che soffiava. Si componeva di uno stridulo tintinnio di cento invisibili campanelli, del minaccioso rintronare metallico dei tram, del richiamo insistente di innumerevoli trombe, del lamentoso stridere delle rotaie alle curve delle *streets*, del muggito di Mac, che attraverso un poderoso imbuto illustrava l'America ai suoi passeggeri, del mormorio delle persone intorno, delle fragorose risate di un compagno di viaggio sconosciuto alle spalle di Mendel, degli incessanti discorsi che Sam buttava in faccia al padre, discorsi che Mendel non capiva, ai quali però annuiva continuamente, con un sorriso sgomento e a un tempo cordiale sulle labbra, come una dolorosa morsa di ferro. Anche se avesse avuto il coraggio di restare serio, come conveniva alla sua situazione, non avrebbe potuto spogliarsi del sorriso. Non aveva la forza di mutare espressione. I muscoli della sua faccia si erano irrigiditi. Avrebbe voluto piangere come un bambino piccolo. Sentiva l'odore acre di catrame dell'asfalto che si scioglieva, l'asciutta e cruda polvere nell'aria, il puzzo rancido e grasso dei canali e dei negozi di formaggi, l'odore pungente delle cipolle, il fumo dolciastro della benzina delle automobili, il marcio lezzo di palude dei mercati del pesce, il mughetto e il cloroformio delle guance del figliolo. Tutti gli odori si mescolavano nel vapore caldo che gli veniva incontro, insieme col rumore che gli riempiva gli orecchi e voleva fargli scoppiare la testa. Presto non seppe più cosa udire, vedere, odorare. Continuava a sorridere e annuiva con la testa. L'America gli si gettava addosso, l'America lo sconquassava, l'America l'annichiliva. Dopo qualche minuto perse conoscenza.

Si risvegliò in una *lunch-room*, dove lo avevano portato in tutta fretta per ristorarlo. In uno specchio rotondo incorniciato da cento piccole lampadine scorse la sua barba bianca e il suo naso ossuto e sul primo momento credette che barba e naso appartenessero a un altro. Solo alla vista dei parenti che lo circondavano riconobbe se stesso. Un poco si vergognò. Aprì le labbra con una certa fatica e chiese scusa a suo figlio. Mac gli prese la mano e gliela strinse, come se si congratulasse con Mendel Singer per un gioco di prestigio ben riuscito o per una scommessa vinta. Sulla bocca del vecchio scese di nuovo la morsa di ferro del sorriso, e la potenza sconosciuta gli mosse di nuovo la testa così da dare l'impressione che Mendel annuisse. Vide Mirjam. Aveva i capelli neri arruffati sotto lo scialle giallo, un po' di fuliggine sulle guance pallide e un lungo stelo di paglia fra i denti. Deborah era accoccolata su un sedile rotondo senza spalliera, larga, muta, con le narici dilatate e il seno che si sollevava su e giù. Sembrava che dovesse cascare da un momento all'altro.

« Che m'importa di questa gente? » pensava Mendel. « Che m'importa di tutta l'America? Mio figlio, mia moglie, mia figlia, questo Mac? Sono ancora Mendel Singer? È ancora la mia famiglia questa? Sono ancora Mendel Singer? Dov'è mio figlio Menuchim? ». Gli pareva d'essere stato scacciato fuori di se stesso, d'ora innanzi avrebbe dovuto vivere separato da se stesso. Gli pareva di aver lasciato se stesso a Zuchnow, accanto a Menuchim. E mentre le labbra sorridevano e mentre la testa tentennava, il suo cuore cominciò lentamente a farsi di ghiaccio, batteva come una mazza di metallo contro un vetro gelido. Era già solo, Mendel Singer: era già in America...

PARTE SECONDA

X

Un paio di centinaia d'anni prima un avo di Mendel Singer era venuto probabilmente dalla Spagna in Volinia. Egli ebbe un destino più felice, più comune, in ogni caso meno memorando del suo discendente e di conseguenza non sappiamo se abbia impiegato molti anni o pochi per ambientarsi nel paese straniero. Di Mendel Singer però sappiamo che dopo alcuni mesi era di casa a New York.

Sì, era quasi come a casa sua in America! Sapeva già che *old chap* in americano significava padre e *old fool* madre o viceversa. Conosceva un paio di commercianti della Bowery, coi quali suo figlio era in relazione, la Essexstreet, dove abitava, e la Houston Street, dove era il negozio di suo figlio, di suo figlio Sam. Sapeva che Sam era ormai un *American boy*, che si diceva *good bye, how do you do* e *please*, se si era un uomo distinto, che un commerciante della Grand Street poteva pretendere rispetto e qualche volta poteva abitare sul River, su quel River che anche Schemarjah vagheggiava. Gli avevano detto che l'America si chiamava *God's own country*, che era la terra di Dio, come un tempo la Palestina, e New York propriamente *the wonder city*, la città dei miracoli, come un tempo Gerusalemme. Invece il pregare si diceva *service* e la beneficenza pure. Il bambino di Sam, venuto al mondo neanche una settimana dopo l'arrivo del nonno, non si chiama altrimenti che Mac Lincoln e fra qualche anno, il tempo vola in America, sarà un *college boy*. *My dear boy*, dice oggi al piccolo la nuora. Lei, caso strano, si chiama sempre Vega. È bionda e dolce, con gli occhi azzurri, che per Mendel Singer rivelano più bontà che intelligenza. Sia pure stupida! Le donne non hanno bisogno di cervello, che Dio l'aiuti, amen! Fra le dodici e le due bisogna consumare il *lunch* e fra le sei e le otto un *dinner*. Quest'orario Mendel non lo rispetta. Lui mangia alle tre del pomeriggio e alle dieci di sera, come al suo paese, sebbene a dire il vero, al suo paese sia giorno quando egli si siede a cena, o anche mattina presto, chi può saperlo. *All right* significa d'accordo e, invece di sì, si dice *yes*! Se si vuole augurare del bene a qualcuno, non gli si augura fortuna e salute, ma *prosperity*. Nel prossimo futuro Sam ha già in mente di affittare un nuovo appartamento, sul River, con un *parlour*. Un fonografo lo possiede già, Mirjam qualche volta se lo fa prestare dalla cognata e lo porta attenta in braccio per la strada come un bambino malato. Il fonografo può suonare molti valzer, ma anche il Kol Nidre. Sam si lava due volte al giorno, il vestito che qualche volta porta la sera lo chiama *dress*. Deborah è già stata dieci volte al cinema e tre a teatro. Ha un vestito di seta grigio scuro. Sam glielo ha regalato. Porta una grossa catena d'oro al collo e fa pensare a una di quelle donne di piacere di cui talvolta raccontano le sacre scritture. Mirjam è commessa nel negozio di Sam. Viene a casa dopo mezzanotte ed esce alle sette di mattina. Dice: Buona sera, babbo! Buon giorno, babbo! e nient'altro. Ora una volta ora un'altra, da discorsi che gli sfiorano gli orecchi, come un fiume che scorra ai piedi d'un vegliardo che sta sulla riva, Mendel Singer sente che Mac va a passeggio con Mirjam, va a ballare, va a fare il bagno, va a far ginnastica. Lui, Mendel Singer, sa che Mac non è un ebreo, neanche i cosacchi sono ebrei, a tal punto non siamo ancora, Dio provvederà, si starà a vedere. Deborah e Mirjam vivono in buona armonia. C'è pace in casa. Madre e figlia bisbigliano fra loro, spesso, un bel po' dopo la mezzanotte, e Mendel fa finta di dormire. Gli è facile. Lui dorme in cucina, la moglie e la figlia dormono nell'unica stanza. Non si vive in palazzi neanche in America. Abitano al primo piano! Una fortuna. Avrebbero potuto benissimo abitare anche al secondo, al terzo, al quarto! La scala è tutta storta e sudicia, sempre buia. Anche di giorno bisogna illuminare gli scalini coi fiammiferi. C'è un odore caldo, umido e viscido di gatti. Ma il veleno per i topi e le schegge di vetro nel lievito bisogna metterli sempre, ogni sera, negli angoli. Deborah lava ogni settimana il pavimento con acqua e sapone, ma così giallo zafferano come al paese non diventa mai. Da che dipende? Deborah è troppo debole? Troppo pigra? Troppo vecchia? Tutte le assi scricchiano quando Mendel cammina per la stanza. Impossibile riconoscere dove ora Deborah nasconde il denaro. Sam dà dieci dollari alla settimana. Eppure Deborah è furiosa. È una donna, qualche volta ha il diavolo addosso. Ha una nuora buona, dolce, ma Deborah sostiene che Vega fa del lusso. Quando Mendel sente discorsi del genere dice: « Taci, Deborah! Sii contenta dei figlioli! Non sei forse ancora abbastanza vecchia per stare zitta? Non hai più da rimproverarmi perché guadagno troppo poco e forse ti cruccia non poter litigare con me? Schemarjah ci ha portato qui perché s'invecchi e si muoia vicino a lui. Sua moglie ci rispetta tutti e due, com'è giusto. Che cosa vuoi ancora, Deborah? ».

Lei non sapeva esattamente che cosa le mancasse. Forse aveva sperato di trovare in America un mondo completamente nuovo, dove fosse possibile dimenticare subito la vecchia vita e Menuchim. Ma quest'America non era un mondo nuovo. C'erano più ebrei lì che a Kluczýsk, in sostanza era una Kluczýsk più grande. Si era dunque dovuto prendere quella lunga strada attraverso l'oceano per arrivare da capo a Kluczýsk, che si sarebbe potuta raggiungere col carro di Sameschkin? Le finestre davano su un buio cortile a lanterna, dove si azzuffavano gatti, topi e bambini, e alle tre del pomeriggio, anche in primavera, bisognava accendere la lampada a petrolio, perfino la luce elettrica mancava, ancora non si aveva nemmeno un fonografo proprio. Al paese almeno la luce e il sole Deborah ce li aveva. Certo! andava di quando in quando al cinema con la nuora, già due volte aveva viaggiato nella sotterranea, Mirjam era una signorina distinta, col cappello e le calze di seta. S'era fatta brava. Anche lei guadagnava dei soldi. Mac se la intendeva con lei, meglio Mac che i cosacchi. Era il migliore amico di Schemarjah. A dire il vero non si capiva una parola dei suoi interminabili discorsi, ma era solo questione di abituarsi. Era più abile di dieci ebrei messi insieme e in più aveva anche il vantaggio di non pretendere una dote. Alla fin fine, era sì un altro mondo. Un Mac americano non era un Mac russo. Coi soldi Deborah non ce la faceva neanche lì. La vita rincarava a vista d'occhio, con la mania del risparmio non riusciva a smettere, la solita asse del pavimento nascondeva ormai diciotto dollari e mezzo: così le carote rimpicciolivano, le uova erano vuote, le patate gelate, le minestre acqua, le carpe striminzite e i lucci piccoli, le anatre magre, le oche dure e i polli un niente.

No, lei non sapeva esattamente che cosa le mancasse, Menuchim le mancava. Spesso, nel sonno, nella veglia, mentre faceva la spesa, al cinema, sbrigando le faccende, stando ai fornelli, lo sentiva chiamare. Mamma! Mamma! gridava. L'unica parola che aveva imparato a dire, ormai doveva averla dimenticata. Sentiva i bambini degli altri chiamare mamma, le madri accorrevano, non una abbandonava di sua volontà il proprio bambino. Non si sarebbe dovuto partire per l'America. Ma si era sempre in tempo a tornare a casa!

« Mendel, » diceva a volte « non sarebbe il caso di tornare a vedere Menuchim? ».

« E i soldi, e il viaggio e di che si campa? Credi che Schemarjah possa darci tanto denaro? È un buon figliolo, ma non è Vanderbilt. Forse era destino. Restiamo per il momento! Menuchim lo rivedremo qui se dovesse guarire ».

Tuttavia il pensiero della partenza si era radicato nella mente di Mendel Singer e non lo lasciava mai. Una volta che faceva visita a suo figlio in negozio (lui era seduto nel retro, dietro la porta a vetri, vedeva i clienti andare e venire e in cuor suo benediceva tutti quelli che entravano) disse a Schemarjah: « Di Menuchim, ancora nessuna notizia. Nell'ultima lettera di Billes non c'era una parola su di lui. Cosa pensi, se andassi laggiù a vederlo? ». Schemarjah, detto Sam, era un *American boy*, disse: « Babbo, non è pratico. Se fosse possibile portarci Menuchim, qui guarirebbe subito. La medicina in America è la migliore nel mondo, l'ho appena letto sul giornale. Malattie del genere si guariscono con iniezioni, delle semplici iniezioni. Dal momento però che non si può portarlo qui, il povero Menuchim, a che scopo spendere? Non voglio dire che sia del tutto impossibile! Ma proprio ora che io e

Mac stiamo preparando un grossissimo affare e il denaro è scarso, è meglio non parlarne! Aspetta ancora un paio di settimane! In tutta confidenza: io e Mac stiamo adesso occupandoci di aree fabbricabili. Abbiamo fatto ora demolire una vecchia casa nella Delancy Street. Te lo dico io, babbo, demolire costa quasi quanto costruire. Ma non ci si deve lamentare! Si va avanti! Se penso come abbiamo cominciato, con le assicurazioni! Su e giù per le scale! E ora abbiamo questo negozio, si può già dire questo gran magazzino! Ora gli agenti delle assicurazioni vengono da me. Li guardo, mi dico: conosco la faccenda e li butto fuori, io in persona. Tutti li butto fuori! ».

Mendel Singer non capì bene perché Sam buttasse fuori gli agenti e perché se ne rallegrasse tanto. Sam se ne accorse e disse: « Vuoi fare un *breakfast* con me, babbo? ». Fece come se ignorasse che il padre mangiava soltanto a casa sua e, cogliendo sempre con piacere l'occasione di sottolineare la distanza che lo separava dai costumi della patria, si batté la fronte come se fosse Mac e disse: « Ah già, dimenticavo! Ma una banana la mangerai, babbo! ». E fece portare al padre una banana.

« A proposito, Mirjam » riprese a dire mentre mangiava « si sta facendo. È la più bella *girl* qui nel negozio. Se fosse da un estraneo, le avrebbero già offerto da tempo un posto di indossatrice. Ma io non desidero che mia sorella presti la sua figura per abiti d'altri. E anche Mac non vuole! ». Aspettò per sentire se il padre avrebbe detto qualcosa di Mac. Ma Mendel Singer tacque. Non era sospettoso. L'ultima frase l'aveva appena sentita. Si stava crogiolando nella più viva ammirazione per i suoi figlioli, in particolare Schemarjah. Com'era intelligente, come pensava in fretta, come parlava correntemente l'inglese, com'era bravo a premere i bottoni dei campanelli, a dare una strigliata ai fattorini, era un *boss*.

Andò nel reparto delle camicette e delle cravatte per vedere sua figlia. « Buon giorno, babbo! » gridò mentre serviva. Rispetto, gli dimostrava, al paese era stato diverso. Probabilmente lei non l'amava, però non era neanche scritto: ama il padre e la madre! bensì: onora il padre e la madre! Le fece un cenno col capo e si allontanò di nuovo. Andava a casa. Si sentiva rassicurato, camminava lentamente in mezzo alla strada, salutava i vicini, si compiaceva dei figli. Portava sempre il suo berretto nero di reps di seta e il caffettano di media lunghezza e gli stivali alti. Ma le falde della palandrana non battevano più con frettoloso colpo d'ala sui gambali di cuoio ruvido. Perché Mendel Singer aveva imparato solo in America, dove tutti avevano fretta, a camminare adagio.

Camminava dunque traverso il tempo, incontro alla vecchiaia, dalla preghiera del mattino alla preghiera della sera, dalla prima colazione alla cena, dal risveglio al sonno. Il pomeriggio, all'ora in cui al paese venivano i suoi scolari, si stendeva sul divano di crine, dormiva un'ora e sognava di Menuchim. Poi leggeva un po' il giornale. Poi andava nel negozio della famiglia Skowronnek, in cui fonografi, dischi, spartiti e testi di canzoni venivano venduti, suonati e cantati. Là si radunavano tutte le persone più anziane del quartiere. Parlavano di politica e raccontavano aneddoti della patria. Qualche volta, quando si era fatto tardi, andavano nel salotto degli Skowronnek e dicevano in fretta la preghiera della sera.

Sulla via del ritorno, che Mendel cercava di allungare un poco, si abbandonava all'idea che a casa l'aspettasse una lettera. In questa lettera stava scritto chiaro ed esplicito, primo: che Menuchim era perfettamente guarito ed era diventato sano di mente;

secondo: che Jonas, a causa di una sua futile mancanza, aveva abbandonato il servizio militare e voleva venire in America. Mendel Singer sapeva che questa lettera non era ancora arrivata. Ma cercava, per così dire, di dare alla lettera un'occasione favorevole perché le venisse voglia di arrivare. E con un leggero batticuore egli tirava il campanello. Ma nell'istante in cui scorge Deborah, è tutto finito. La lettera non c'era ancora. Sarà una sera come ogni altra.

Un giorno che per arrivare a casa fece un giro più lungo, vide all'angolo della via un adolescente, che da lontano gli sembrò di conoscere. Il giovanetto era appoggiato a un portone e piangeva. Mendel sentì un sommesso piagnucolio, arrivava, per lieve che fosse, fino a Mendel, sul lato opposto della strada. Ben noto era per Mendel questo suono. Si fermò. Decise di avvicinarsi al ragazzo, di fargli delle domande, di consolarlo. Si avviò. A un tratto il piagnucolio divenne più forte, bloccò Mendel nel bel mezzo della strada. Nell'ombra della sera e del portone, dove stava accoccolato, il giovanetto parve assumere i contorni e l'atteggiamento di Menuchim. Proprio così, sulla soglia della sua casa a Zuchnow, Menuchim si accoccolava e piagnucolava. Mendel fece ancora un paio di passi. Ma il ragazzo sgattaiolò nella casa. Mendel arrivò fino alla porta. Il buio androne aveva già accolto il giovanetto.

Ancora più lentamente di prima Mendel proseguì verso casa.

Non fu Deborah ad aprire la porta quando suonò il campanello, ma suo figlio Sam. Mendel rimase un attimo sulla soglia. Sebbene fosse preparato soltanto a una sorpresa gioiosa, lo afferrò la paura che potesse essere successa una disgrazia: tanto il suo cuore era abituato alla disgrazia che egli continuava ancora a spaventarsi, perfino dopo una lunga preparazione alla felicità. Che cosa può capitare all'improvviso di allegro a un uomo come me, pensava. Tutto ciò che è improvviso è male, e il bene arriva pian piano.

Ma la voce di Schemarjah lo tranquillizzò subito. « Ma vieni! » disse Sam. Prese il padre per la mano e lo tirò nella stanza. Deborah aveva acceso due lampade. Sua nuora Vega, Mirjam e Mac sedevano alla tavola. Tutta la casa apparve mutata a Mendel. Le due lampade – erano dello stesso tipo – sembravano gemelle e, più che la stanza, s'illuminavano a vicenda. Era come se si ridessero, una lampada all'altra, e questo rasserenò Mendel in modo particolare. « Siediti, babbo! » disse Sam. Non era curioso, Mendel, temeva già che ora sarebbe venuta fuori una di quelle storie americane che davano a tutti motivo di allegria mentre lui non riusciva a trovarci alcun piacere. « Ma che cosa sarà successo? » pensava. « Mi avranno regalato un fonografo. Oppure hanno deciso di festeggiare l'anniversario delle nozze ». Si sedette con aria di circostanza. Tutti tacevano. Poi Sam disse – e fu come se accendesse la terza lampada nella stanza: « Babbo, abbiamo guadagnato quindicimila dollari in un solo colpo ».

Mendel si alzò e strinse la mano a tutti i presenti. Per ultimo arrivò da Mac. A lui Mendel disse: « La ringrazio ». Sam tradusse subito le due parole in inglese. Ora anche Mac si alzò e abbracciò Mendel. Poi cominciò a parlare. Non smetteva più. Quella sera, all'infuori di Mac, non parlò più nessuno. Deborah calcolava la somma in rubli senza arrivare mai al totale. Vega pensava a dei mobili nuovi per la nuova casa, soprattutto a un pianoforte. Suo figlio doveva prendere lezioni di pianoforte. Mendel pensava a una scappatina al paese. Mirjam ascoltava solo Mac parlare e si sforzava di capire il più possibile. Siccome non capiva bene la sua lingua, pensava che Mac dicesse cose troppo intelligenti per essere capito. Sam rifletteva se doveva impiegare tutto quanto il denaro nel negozio. Solo Mac pensava poco, non si faceva preoccupazioni, non architettava piani. Diceva quel che gli veniva in mente.

Il giorno dopo andarono ad Atlantic City. « Che bella natura! » disse Deborah. Mendel vedeva solo l'acqua. E si rammentava di quella notte truce in patria, quando era rimasto disteso nel fossato lungo la strada insieme a Sameschkin. E sentiva lo stridere dei grilli e il gracidare delle rane. « Da noi » disse a un tratto « la terra è tanto vasta come in America l'acqua ». Non aveva avuto affatto l'intenzione di dirlo. « Senti che cosa dice il babbo? » fece Deborah. « Diventa vecchio! ». Sì, sì, divento vecchio, pensò Mendel.

Quando arrivarono a casa, nella fessura della porta c'era una lettera spessa, rigonfia, che il postino non era riuscito a far passare. « Vedi, » disse Mendel chinandosi « questa lettera è una buona lettera. La fortuna è incominciata. Una fortuna porta l'altra, lodato sia Iddio. Che ci aiuti ancora ».

Era una lettera della famiglia Billes. Ed era proprio una buona lettera. Conteneva la notizia che Menuchim improvvisamente aveva cominciato a parlare.

« Il dottor Soltysiuk lo ha visto » scriveva la famiglia Billes. « Non poteva crederci. Vogliono mandare Menuchim a Pietroburgo, i grandi dottori vogliono rompercisi la testa. Un giorno, era un giovedì pomeriggio, era solo a casa e c'era la stufa accesa come ogni giovedì, è caduto fuori un pezzo di legno ardente, ora tutto il pavimento è bruciato e le pareti bisogna pitturarle. Costa un bel po' di denaro. Menuchim è corso in strada, ormai sa anche correre benissimo, e ha gridato: "Il fuoco!". E da allora dice qualche parola.

« Peccato solo che sia stato una settimana dopo la partenza di Jonas. Perché il vostro Jonas è stato qui, in licenza, ormai è davvero un soldato grande e grosso, e non sapeva affatto che siete in America. Anche lui vi scrive qui, sull'altra facciata ».

Mendel girò il foglio e lesse:

« Caro babbo, cara mamma, caro fratello e cara sorella,

« dunque siete in America, la notizia mi ha colpito come un fulmine. La colpa veramente è mia, perché non vi ho mai scritto o, mi pare di ricordare, solo una volta, tuttavia, come ho detto, mi ha colpito come un fulmine. Non ci fate caso. Io sto benissimo. Tutti sono buoni con me e io sono buono con tutti. Soprattutto coi cavalli. So cavalcare come il miglior cosacco e sollevare coi denti da terra, al galoppo, un fazzoletto. Queste sono le cose che mi piacciono e anche la vita nell'esercito. Resterò anche quando ho finito il servizio militare. Ci curano, ci danno da mangiare, tutto quello che serve è ordinato dall'alto, non c'è bisogno di pensarci noi. Non so se, così come lo scrivo, voi lo capite bene. Forse non potete affatto capirlo. Nella stalla fa molto caldo, e io amo i cavalli. Se una volta o l'altra qualcuno di voi dovesse venire quaggiù, mi potete vedere. Il mio capitano ha detto che se continuo a essere un così bravo soldato posso rivolgere una supplica allo Zar, cioè a Sua Maestà illustrissima, perché la diserzione di mio fratello venga perdonata e dimenticata. Sarebbe la mia più grande gioia, vedere ancora Schemarjah in questa vita, siamo o non siamo cresciuti insieme!

« Sameschkin vi saluta, sta bene.

« Qui a volte dicono che ci sarà una guerra. Se dovesse veramente venire, dovete essere preparati alla mia morte, così come ci sono preparato io perché sono un soldato.

« In questa eventualità vi abbraccio una volta per

tutte e per sempre. Ma non siate tristi, può darsi che resti vivo.

Vostro figlio Jonas ».

Mendel Singer posò gli occhiali, vide che Deborah piangeva e per la prima volta dopo tanti anni le prese le mani. Le staccò le mani dal viso rosso di pianto e disse in tono quasi solenne: « Bene, Deborah, il Signore ci ha aiutato. Prendi lo scialle, va' giù e porta una bottiglia di idromele ».

Erano seduti al tavolo e bevevano l'idromele nei bicchieri da tè, si guardavano e pensavano la stessa cosa. « Il rabbi ha ragione » disse Deborah. Chiaro il ricordo le dettò le parole che a lungo avevano dormito in lei: « Il dolore lo farà saggio, la deformità buono, l'amarezza mite e la malattia forte ».

« Questo non me l'hai mai detto » osservò Mendel.

« L'avevo dimenticato ».

« Anche per Jonas si sarebbe dovuti andare a Kluczýsk. I cavalli li ama più di noi ».

« È ancora giovane » lo confortò Deborah. « Forse è bene che ami i cavalli ». E siccome non lasciava passare occasione per essere maligna, soggiunse: « Non l'ha preso da te l'amore per i cavalli ».

« No » disse Mendel e sorrise pacifico.

Cominciò a pensare a un ritorno al paese. Ora forse, fra non molto, si poteva portare Menuchim in America. Accese una candela, spense la lampada e disse: « Va' a dormire, Deborah! Quando Mirjam viene a casa, le mostrerò io la lettera. Oggi resto sveglio ».

Prese dal baule il suo vecchio libro di preghiera, era di casa in mano sua, l'aprì di un colpo ai salmi e li cantò uno dopo l'altro. Qualcosa cantava in lui. Aveva sperimentato la grazia e la gioia.

Anche su di lui s'inarcava la grande, ampia, benigna mano di Dio. Da lei protetto e in suo onore egli cantava un salmo dopo l'altro. La candela guizzava al vento lieve ma assiduo provocato dal busto dondolante di Mendel. Coi piedi egli batteva il tempo dei versetti dei salmi. Il suo cuore giubilava, e il suo corpo doveva danzare.

XI

Le preoccupazioni lasciarono allora per la prima volta la casa di Mendel Singer. Familiari gli erano state, come sorelle invise. Ora egli aveva quasi cinquantanove anni, e da cinquantotto le conosceva. Le preoccupazioni lo abbandonavano, la morte gli si avvicinava. La sua barba era bianca, il suo occhio debole. Le spalle s'incurvavano e le mani tremavano. Il sonno era leggero e la notte lunga. La contentezza egli la portava come un vestito altrui preso a prestito. Suo figlio traslocava nella zona dei ricchi, Mendel restava nella sua viuzza, nella sua casa, con le lampade a petrolio azzurre, in compagnia dei poveri, dei gatti e dei topi. Era devoto, timorato di Dio e simile agli altri, un comunissimo ebreo. Pochi gli prestavano attenzione. Parecchi non lo notavano affatto. Durante il giorno faceva visita a un paio di vecchi amici: Menkes, l'ortolano, Skowronnek, il negozio di musica, Rottenberg, lo scrivano della bibbia, Groschel, il calzolaio. Una volta la settimana venivano i tre figlioli, suo nipote e Mac. Non aveva nulla da dire a loro. Raccontavano storie del teatro, della vita di società e della politica. Lui ascoltava e si addormentava. Quando Deborah lo svegliava, spalancava gli occhi. « Non ho dormito! » assicurava. Mac rideva. Sam sorrideva. Mirjam bisbigliava con Deborah. Mendel restava un momento sveglio e si appisolava di nuovo. Sognava subito: fatti della patria e cose di cui in America aveva solo sentito parlare, teatro, acrobati e ballerine vestite d'oro e di rosso, il presidente degli Stati Uniti, la Casa Bianca, il miliardario Vanderbilt e sempre, di nuovo, Menuchim. Il piccolo infermo s'intrufolava tra il rosso e l'oro delle cantanti, e sul pallido irradiare della Casa Bianca s'incollava come una povera macchia grigiastra. Per guardare questo e quell'altro con occhi svegli, Mendel era troppo vecchio. Credeva ai suoi figli, sulla parola, che l'America era il paese di Dio, New York la città dei miracoli e l'inglese la lingua più bella. Gli americani erano sani, le americane belle, lo sport importante, il tempo prezioso, la povertà un vizio, la ricchezza un merito, la virtù un successo a metà, la fiducia in se stessi un successo completo, il ballo igienico, lo schettinare un dovere, la beneficenza un investimento di capitale, l'anarchismo un delitto, gli scioperanti i nemici dell'umanità, i sovversivi alleati del diavolo, le macchine moderne benedizioni del cielo, Edison il più grande genio. Presto gli uomini voleranno come uccelli, nuoteranno come pesci, vedranno il futuro come profeti, vivranno in eterna pace e costruiranno in perfetta concordia grattacieli alti fino alle stelle. Il mondo sarà molto bello, pensava Mendel, felice mio nipote! Lui vedrà tutte queste cose! Tuttavia alla sua ammirazione per il futuro si mischiava una nostalgia della Russia, e lo tranquillizzava sapere che lui, ancor prima dei trionfi dei vivi, sarebbe stato un morto. Non sapeva perché, ma lo tranquillizzava. Era già troppo vecchio per le novità e troppo debole per i trionfi. Aveva ancora un'unica speranza: vedere Menuchim. Sam o Mac sarebbero andati fin là a prenderlo. Forse sarebbe partita anche Deborah.

Era estate. Gli insetti nella casa di Mendel Singer si moltiplicavano irresistibilmente, sebbene le piccole rotelle d'ottone dei piedi dei letti stessero giorno e notte in tegamini pieni di petrolio e sebbene Deborah ungesse tutte le fessure dei mobili con una morbida penna di gallina intinta nella trementina. In lunghe file ordinate le cimici scendevano giù per le pareti, percorrevano il soffitto, aspettavano perfide e avide di sangue il buio e piombavano sui giacigli dei dormienti. Le pulci, dai correntini neri fra le assi del pavimento, saltavano nei vestiti, sui cuscini, sulle coperte. Le notti erano calde e afose. Attraverso le finestre aperte veniva di tanto in tanto il fragore lontano di treni sconosciuti, i tuoni brevi e regolari di un mondo operoso a miglia di distanza e le torbide esalazioni delle case vicine, dei mucchi di letame e dei canali scoperti. Nella notte i gatti facevano schiamazzi, i cani senza padrone ululavano, i neonati strillavano, e sulla testa di Mendel Singer strascicavano i piedi gli insonni, rintronavano gli starnuti dei raffreddati, mugolavano gli spossati in sbadigli strazianti. Mendel Singer accendeva la candela nella bottiglia verde accanto al letto e andava alla finestra. Vedeva allora il riflesso rossastro della fervida notte americana che si celebrava da qualche parte, e l'ombra argentea e regolare di un riflettore che sembrava cercare disperatamente Dio nel cielo notturno. Già, anche un paio di stelle vedeva Mendel, un paio di misere stelle, brandelli di costellazioni. Mendel si rammentava le luminose notti stellate in patria, il color turchino del cielo immenso, l'arco delicato della falce lunare, il cupo stormire dei pinastri nel bosco, le voci dei grilli e delle rane. Aveva l'impressione che sarebbe stato facile, sul momento, così come si trovava, lasciare la casa e viaggiare a piedi tutta la notte fino a trovarsi di nuovo sotto il cielo aperto, fino a sentire le rane e i grilli e il piagnucolio di Menuchim. Questo, lì in America, si associava alle molte voci con le quali la patria cantava e parlava, allo stridere dei grilli e al gracidare delle rane. In mezzo c'era l'oceano, pensava Mendel. Bisognava salire su una nave, un'altra volta su una nave, viaggiare un'altra volta venti giorni e venti notti. Poi sarebbe stato a casa sua, da Menuchim.

I figli lo esortavano a lasciare una buona volta il quartiere. Lui aveva paura. Non voleva imbaldanzire troppo. Ora che tutto cominciava ad andar bene, non bisognava provocare la collera di Dio. Quando mai gli era andata meglio? A che scopo traslocare in altre zone? Qual era il vantaggio? Quel paio d'anni che aveva ancora da vivere poteva ben passarli in compagnia degli insetti.

Si voltava. C'era Deborah che dormiva. Prima dormiva nella stanza con Mirjam. Ora Mirjam abitava da suo fratello. O da Mac, il pensiero balenava furtivo nella testa di Mendel. Deborah dormiva tranquilla, mezzo scoperta, un largo sorriso sulla larga faccia. Che m'importa di lei? pensava Mendel. Perché viviamo ancora insieme? Il nostro piacere è finito, i nostri figli sono grandi e sistemati, che ci faccio io con lei? Mangio quello che ha cucinato! Sta scritto che non è bene che l'uomo sia solo, e perciò viviamo insieme. Da tanto tempo ormai vivevano insieme, ora si trattava di vedere chi sarebbe morto prima. Probabilmente io, pensò Mendel. Lei è sana e ha pochi pensieri. Continua sempre a nascondere il denaro sotto una qualche asse del pavimento. Non sa che è peccato. Che lo nasconda pure!

La candela nel collo della bottiglia si è consumata fino in fondo. La notte è passata. I primi rumori della mattina si sentono già prima ancora di vedere il sole. Da qualche parte si aprono porte cigolanti, si sente lo strepito di passi per le scale, il cielo è grigio pallido e dalla terra si leva un vapore giallognolo, polvere e zolfo dai canali. Deborah si sveglia, sospira e dice: « Pioverà! Il canale puzza, chiudi la finestra! ».

Così cominciano i giorni d'estate. Il pomeriggio a Mendel non riesce di restare a casa a dormire. Va al campo dei giochi dei bambini. Gode del canto dei rari merli, siede a lungo su una panchina, traccia con l'ombrello segni intricati sulla sabbia. Il rumore dell'acqua, che un lungo tubo di gomma sparge sul piccolo prato, rinfresca il viso di Mendel Singer, egli crede di sentire l'acqua e si addormenta. Sogna il teatro, acrobati in rosso e oro, la Casa Bianca, il presidente degli Stati Uniti, il miliardario Vanderbilt e Menuchim.

Un giorno viene Mac. Dice (Mirjam lo accompagna e traduce) che alla fine di luglio o in agosto andrà in Russia a prendere Menuchim.

Mendel intuisce perché Mac vuol partire. Probabilmente vuole sposare Mirjam. Fa tutto il possibile per la famiglia Singer.

Se morissi, pensa Mendel, Mac sposerebbe Mirjam. Tutti e due aspettano la mia morte. Io ho tempo. Io aspetto Menuchim.

È giugno, un mese caldo e particolarmente lungo. Quando verrà finalmente luglio?

Alla fine di luglio Mac prenota un biglietto per la nave. Si scrive alla famiglia Billes. Mendel va nel negozio degli Skowronnek per raccontare agli amici che anche il suo figlio minore viene in America.

Nel negozio della famiglia Skowronnek sono radunate molte più persone degli altri giorni. Ciascuno ha in mano un pezzo di giornale. In Europa è scoppiata la guerra.

Mac non andrà più in Russia. Menuchim non verrà in America. È scoppiata la guerra.

Le preoccupazioni non avevano appena allora abbandonato Mendel Singer? Loro se n'andavano e scoppiava la guerra.

Jonas era in guerra e Menuchim in Russia.

Due volte la settimana, la sera, venivano Sam e Mirjam, Vega e Mac a far visita a Mendel Singer. E si sforzavano di nascondere al vecchio la sicura fine di Jonas e le minacce a cui era esposta la vita di Menuchim. Era come se credessero di poter stornare lo sguardo di Mendel, fisso verso l'Europa, sulla loro propria fortunata attività e sulla loro propria sicurezza. Si mettevano quasi fra Mendel Singer e la guerra. E mentre lui sembrava dare ascolto ai loro discorsi, condividendo le loro supposizioni che Jonas fosse occupato in un ufficio e Menuchim, a causa della sua particolare malattia, fosse al sicuro in un ospedale di Pietroburgo, egli vedeva suo figlio Jonas cadere giù col cavallo e restare appeso a uno di quei reticolati di filo spinato che venivano descritti con tanta evidenza dai corrispondenti di guerra. E la sua casetta di Zuchnow era in fiamme – Menuchim giaceva nell'angolo e moriva bruciato. Di quando in quando osava dire una piccola frase: « Un anno fa, quando è venuta la lettera, » diceva Mendel « avrei potuto andare io stesso da Menuchim ».

Nessuno sapeva replicare qualcosa. Già un paio di volte Mendel aveva pronunziato questa frase e sempre era sceso lo stesso silenzio. Era come se il vecchio con quell'unica frase spegnesse la luce nella stanza, si faceva tutto buio e nessuno vedeva più dove indicare col dito. E dopo essere restati a lungo in silenzio, si alzavano e se ne andavano.

Ma Mendel Singer chiudeva la porta dietro a loro, mandava Deborah a dormire, accendeva una candela e cominciava a cantare un salmo dopo l'altro. In ore fauste li cantava e nelle infauste. Li cantava quando ringraziava il cielo e quando lo temeva. Dondolava sempre allo stesso modo. E solo dalla sua voce un attento ascoltatore avrebbe forse capito se Mendel, il giusto, era riconoscente o pieno di angosce.

In quelle notti lo scuoteva la paura, come il vento una debole pianta. E la pena gli prestava la voce, una voce estranea cantava i salmi. Aveva finito. Chiudeva il libro, lo sollevava alle labbra, lo baciava e smorzava la fiamma. Ma non si acquietava. Troppo poco, troppo poco – si diceva – ho fatto. A volte trasaliva al pensiero che l'unico mezzo che aveva, cantare salmi, potesse essere impotente nella grande tempesta in cui Jonas e Menuchim perivano. I cannoni, pensava, tuonano forte, le fiamme sono potenti, i miei figli bruciano, è colpa mia, colpa mia! E io canto salmi. Non basta! Non basta!

XII

Tutti quelli che nei pomeriggi politici da Skowronnek avevano scommesso che l'America sarebbe rimasta neutrale, persero la scommessa.

Era autunno. Alle sette di mattina Mendel Singer si svegliò. Alle otto era già in strada, davanti a casa. La neve era ancora bianca e dura come al paese, a Zuchnow. Ma qui si scioglieva presto. In America non resisteva più di una notte. La mattina presto la pesticciavano già i piedi frettolosi degli strilloni. Mendel Singer aspettò che passasse uno di loro. Comprò un giornale e rientrò in casa. L'azzurra lampada a petrolio era accesa. Illuminava la mattina, che era buia come la notte. Mendel Singer spiegò il giornale, era untuoso, appiccicoso e umido, aveva lo stesso odore della lampada. Lesse i bollettini di guerra, due, tre, quattro volte. Seppe che quindicimila tedeschi in un colpo erano caduti prigionieri e che i russi avevano ripreso la loro offensiva nella Bucovina.

Questo solo non gli bastava. Si levò gli occhiali, li ripulì, se li rimise e lesse un'altra volta i bollettini di guerra. I suoi occhi setacciavano le righe. Chissà che non saltassero fuori per caso i nomi: Sam Singer, Menuchim, Jonas?

« Che c'è di nuovo nel giornale? » chiese Deborah quella mattina come ogni mattina. « Nulla di nulla! » rispose Mendel. « I russi vincono e i tedeschi sono fatti prigionieri ».

Ci fu silenzio. Nel fornelletto a spirito bolliva il tè. Cantava quasi come il samovar al paese. Solo che il tè aveva un altro sapore, rancido era, tè americano, per quanto i pacchetti fossero avvolti in carta cinese. « Neanche un tè si può bere! » disse Mendel e si meravigliò lui stesso di parlare di sciocchezze simili. Voleva forse dire qualcos'altro? C'erano tante cose importanti nel mondo e Mendel si lamentava del tè. I russi vincevano e i tedeschi erano fatti prigionieri. Solo di Sam non se ne sapeva nulla e nulla di Menuchim.

Due settimane prima, Mendel aveva scritto. Anche la Croce Rossa aveva comunicato che Jonas era disperso. « Probabilmente è morto, » pensava fra sé Deborah. Mendel pensava la stessa cosa. Ma parlavano a lungo sul significato della parola « disperso » e, quasi escludesse in maniera assoluta la possibilità della morte, finivano sempre col convenire che « disperso » non poteva significare altro che fatto prigioniero, disertore oppure ferito e in prigionia.

Ma perché Sam non scriveva da tanto tempo? Ecco, era impegnato in una marcia molto lunga o magari in un « nuovo raggruppamento », in una di quelle operazioni la cui natura e significato venivano più precisamente illustrati al pomeriggio da Skowronnek.

« Non si può dirlo forte, » pensò Mendel « ma Sam non avrebbe dovuto andare ».

La seconda parte della frase la disse tuttavia a voce alta, Deborah la sentì. « Questo tu non lo capisci, Mendel » disse Deborah. Tutti gli argomenti a favore della partecipazione di Sam alla guerra americana Deborah li aveva appresi da sua figlia Mirjam. « L'America non è la Russia. L'America è una patria. Ogni persona perbene è tenuta ad andare in guerra per la patria. Mac ci è andato, Sam non poteva restare. Inoltre, grazie a Dio, è allo stato maggiore del reggimento. Là non si cade. Perché se si dovesse lasciare che cadano tutti gli alti ufficiali, non si vincerebbe la guerra. E Sam, grazie a Dio, è con gli alti ufficiali ».

« Un figlio l'ho dato allo Zar, sarebbe dovuto bastare! ».

« Lo Zar è una cosa e l'America un'altra! ».

Mendel smise di discutere. Erano tutte cose che aveva già sentito. Si rammentava ancora del giorno che erano partiti tutti e due, Mac e Sam. Tutti e due avevano cantato una canzone americana in mezzo alla viuzza. La sera da Skowronnek avevano detto che Sam, toccando ferro, era un bel soldato.

Forse l'America era una patria, la guerra un dovere, la viltà un disonore, la morte allo stato maggiore del reggimento da escludersi! Eppure, pensava Mendel, sono io il padre, io avrei dovuto dire una parola. « Resta, Sam! » avrei dovuto dire. « Tanti anni ho aspettato per vedere un briciolo di fortuna. Adesso Jonas è soldato, chissà che cosa ne sarà di Menuchim, tu hai una moglie, un figlio, un negozio. Rimani, Sam! ». Forse sarebbe rimasto.

Mendel si mise, com'era sua abitudine, alla finestra, voltando le spalle alla stanza. Guardava diritto davanti a sé la finestra dei Lemmel, al primo piano, tutta rotta e rattoppata con del cartone marrone. Sotto c'era il negozio del pizzicagnolo ebreo, con l'insegna in ebraico, bianche, sudice lettere su fondo celeste. Anche il figlio dei Lemmel era andato in guerra. Tutta la famiglia Lemmel frequentava la scuola serale e imparava l'inglese. La sera andavano a scuola coi quaderni, come bambini piccoli. Probabilmente era giusto. Forse anche Mendel e Deborah avrebbero dovuto andare a scuola. L'America era una patria.

Nevicava ancora un poco, lenti, pigri fiocchi acquosi. Gli ebrei, neri ombrelli aperti ondeggianti sulle loro teste, cominciavano già a passeggiare in su e in giù. Ne venivano sempre di nuovi e camminavano in mezzo alla via, gli ultimi candidi residui di neve si scioglievano sotto i loro piedi, pareva quasi che nell'interesse della municipalità dovessero andare su e giù finché la neve non fosse completamente scomparsa. Il cielo, Mendel non poteva scorgerlo dalla sua finestra. Ma sapeva che era un cielo buio. In tutte le finestre di fronte vedeva il riflesso giallo-rossastro delle lampade. Buio era il cielo. Buio era in tutte le stanze.

Di lì a poco si aprì qua e là una finestra, si affacciarono le vicine a stendere lenzuoli e coperte rosse e bianche e nudi cuscini giallognoli senza federa. A un tratto tutta la via era gaia e piena di colori. Le vicine si chiamavano a voce alta scambiandosi saluti. Dall'interno delle stanze veniva un acciottolio di piatti misto a strilli di bambini. Si sarebbe potuto credere d'essere in pace se dal negozio degli Skowronnek le marce di guerra sui fonografi non fossero risonate con grande strepito per tutta la viuzza.

Quando è domenica? pensò Mendel. Prima aveva vissuto da un sabato all'altro, ora viveva di domenica in domenica. La domenica venivano visite, Mirjam, Vega e il nipote. Portavano lettere di Sam o almeno novità generali. Loro sapevano tutto, leggevano tutti i giornali. Ora dirigevano insieme il negozio. Gli affari andavano sempre bene, erano abili, accumulavano denaro e aspettavano il ritorno di Sam.

Mirjam portava con sé qualche volta il signor Glück, il direttore capo. Con Glück andava a ballare, con Glück andava a fare il bagno. Un altro cosacco! pensava Mendel. Ma non diceva nulla.

« Io non posso andare in guerra, purtroppo! » sospirava Mister Glück. « Ho una grave imperfezione a una valvola cardiaca, l'unica cosa che ho ereditato da mio padre buon'anima ». Mendel osservava le guance rosate di Glück, i suoi occhietti marroni e i morbidi baffi civettuoli che portava contro la moda e coi quali spesso giocherellava. Sedeva fra Mirjam e Vega. Una volta che Mendel si alzò da tavola nel bel mezzo della conversazione, gli parve di notare che il signor Glück teneva la mano destra in grembo a Vega e la sinistra sulla coscia di Mirjam. Mendel uscì in strada, andò su e giù davanti a casa e aspettò che gli ospiti fossero andati via.

« Ti comporti come un ebreo russo » disse Deborah quando ritornò.

« Io sono un ebreo russo » rispose Mendel.

Un giorno, era un giorno feriale all'inizio di febbraio e Mendel e Deborah sedevano a pranzo, entrò Mirjam.

« Buon giorno, mamma! » disse « buon giorno, babbo! » e restò lì in piedi.

Deborah posò il cucchiaio e allontanò il piatto. Mendel guardò le due donne. Sapeva che era successo qualcosa di straordinario. Mirjam veniva in un giorno feriale, a un'ora in cui avrebbe dovuto essere al negozio. Il cuore gli batteva forte, eppure era tranquillo. Gli pareva di potersi ricordare di questa scena. Era già accaduta un'altra volta. Là c'era Mirjam con l'impermeabile nero e stava zitta. Là sedeva Deborah, il piatto l'aveva allontanato da sé, è quasi in mezzo al tavolo, fuori nevica, fiocchi morbidi e pigri. La lampada arde giallognola, la sua luce è grassa come il suo odore. Combatte contro il giorno buio, che è stentato e scialbo, ma forte abbastanza da tingere col suo grigio perla tutta la stanza. Questa luce Mendel Singer se la ricorda bene. Ha sognato questa scena. Sa anche che cosa avverrà adesso. Mendel sa tutto ormai, come se fosse qualcosa di remoto e come se il dolore già da anni si fosse tramutato in lutto. Mendel è tranquillissimo.

C'è silenzio per un paio di secondi. Mirjam non parla, nella speranza forse che il padre o la madre la liberino con una domanda dal dovere di fare l'ambasciata. Sta in piedi e tace. Nessuno dei tre si muove.

Mendel si alza e dice: « È successa una disgrazia! ».

Mirjam dice: « È ritornato Mac. Ha portato l'orologio di Sam e gli ultimi saluti ».

Deborah sta tranquillamente seduta sulla sedia come se non fosse successo nulla. I suoi occhi sono asciutti e vuoti, due scuri pezzetti di vetro. Sta seduta di fronte alla finestra e ha l'aria di contare i fiocchi di neve.

C'è silenzio, si sente il secco ticchettio dell'orologio.

Improvvisamente Deborah comincia pian piano, con dita lente, a strapparsi i capelli. Si tira le trecce una dopo l'altra sul viso, che è pallido e immobile, come gesso rigonfio. Poi strappa una ciocca dopo l'altra, quasi allo stesso ritmo con cui fuori cadono i fiocchi di neve. Già si vedono due, tre bianche isolette in mezzo ai capelli, un paio di chiazze di cuoio capelluto grosse come un soldo e minuscole goccioline di sangue rosso. Nessuno si muove. L'orologio ticchetta, la neve cade e Deborah si strappa pian piano i capelli.

Mirjam cade in ginocchio, affonda la testa nel grembo di Deborah e non si muove più. Nel viso di Deborah non un tratto si altera. Le sue mani tirano a turno i capelli. Le sue mani somigliano a pallide bestie carnose a cinque gambe che si nutrano di capelli.

Mendel è in piedi, le braccia incrociate sopra la spalliera della sedia.

Deborah comincia a cantare. Canta con una voce

profonda, maschile, che suona come se nella stanza ci fosse un cantante invisibile. La voce sconosciuta canta una vecchia canzone ebrea senza parole, una ninna nanna tetra, per bambini morti.

Mirjam si alza, si aggiusta il cappello, va alla porta e fa entrare Mac.

In divisa è più alto che in borghese. Nelle mani, che tende davanti a sé come piatti, tiene l'orologio, il portafoglio e un portamonete di Sam.

Questi oggetti Mac li posa lentamente sulla tavola, proprio davanti a Deborah. Sta un po' a guardare mentre lei si strappa i capelli, poi si accosta a Mendel, mette le sue grandi mani sulle spalle del vecchio e piange in silenzio. Le sue lacrime scorrono giù, una pioggia fitta sopra l'uniforme.

C'è silenzio, il canto di Deborah è cessato, l'orologio ticchetta, la sera scende improvvisa sul mondo, la lampada riluce non più gialla ma bianca, il mondo è nero dietro i vetri della finestra, non si riesce più a distinguere i fiocchi.

A un tratto dal petto di Deborah esce un urlo. Suona come l'ultimo resto di quella melodia che ha cantato prima, una nota che è uno schianto, un'esplosione.

Allora Deborah cade dalla sedia. Giace, molle massa piegata su di sé, sul pavimento.

Mac spalanca la porta, la lascia aperta, la stanza si raffredda.

Ritorna, un dottore l'accompagna, un uomo piccolo, lesto, coi capelli grigi.

Mirjam sta di fronte al padre.

Mac e il dottore portano Deborah sul letto.

Il dottore siede sulla sponda del letto e dice: « È morta ».

« Anche Menuchim è morto, solo, in mezzo a estranei » pensa Mendel Singer.

XIII

Sette giorni tondi sedette Mendel Singer su uno sgabello accanto all'armadio e fissava la finestra, ai cui vetri era appeso in segno di lutto un pezzo di tela bianca e su cui giorno e notte stava accesa una delle due lampade azzurre. Sette giorni tondi rotolarono via uno dopo l'altro, come grandi, neri, lenti cerchi, senza principio e senza fine, tondi come il lutto. A turno vennero i vicini: Menkes, Skowronnek, Rottenberg e Groschel, portarono uova sode e cornetti al papavero per Mendel Singer, cibi tondi, senza principio e senza fine, tondi come i sette giorni di lutto.

Mendel parlava poco coi suoi visitatori. A malapena li vedeva andare e venire. Giorno e notte la sua porta stava aperta, col chiavistello tolto, superfluo. Chi voleva venire, veniva, chi voleva andare, andava. Questo o quello tentava di intavolare un discorso. Ma Mendel Singer lo evitava. Mentre gli altri raccontavano cose di vivi, lui parlava con la moglie morta. « Tu stai bene, Deborah! » diceva. « Peccato solo che tu non abbia lasciato dietro te nessun figlio, tocca a me dire la preghiera dei morti, ma presto morirò e nessuno ci piangerà. Come due piccoli granelli di polvere siamo stati soffiati via. Come due piccole scintille ci siamo spenti. Ho generato dei figli, il tuo grembo li ha partoriti, la morte li ha presi. Piena di travaglio e senza senso è stata la tua vita. Nella giovinezza ho goduto della tua carne, più tardi l'ho sdegnata. Forse è stato questo il nostro peccato. Perché non c'era in noi il calore dell'amore, ma fra noi il gelo dell'abitudine, tutto è morto intorno a noi, tutto è intristito e si è rovinato. Tu stai bene, Deborah. Il Signore ha avuto compassione di te. Tu sei una morta e sei sepolta. Di me non ha compassione. Perché io sono un morto e vivo ancora. È il Signore, Lui sa quello che fa. Se puoi, prega per me, perché io sia cancellato dal libro dei vivi.

« Vedi, Deborah, i vicini vengono da me per confortarmi. Ma sebbene siano tanti e tutti stiano lì a rompersi la testa, non trovano conforto per la mia situazione. Ancora batte il mio cuore, ancora vedono i miei occhi, ancora si muovono le mie membra, ancora camminano i miei piedi. Io mangio e bevo, prego e respiro. Ma il mio sangue ristagna, le mie mani sono vizze, il mio cuore è vuoto. Io non sono più Mendel Singer, sono l'avanzo di Mendel Singer. L'America ci ha ucciso. L'America è una patria, ma una patria omicida. Quello che da noi era giorno, qui è notte. Quello che da noi era vita, qui è morte. Il figlio, che da noi si chiamava Schemarjah, qui si è chiamato Sam. In America sei sepolta, Deborah, anche me, Mendel Singer, mi seppelliranno in America ».

La mattina dell'ottavo giorno, quando Mendel si rialzò dal suo lutto, venne sua nuora Vega in compagnia di Mister Glück.

« Mister Singer, » disse Mister Glück « sotto c'è la macchina. Deve venire subito con noi. A Mirjam è capitato qualcosa ».

« Bene » rispose Mendel con indifferenza – come se gli avessero comunicato che dovevano tappezzare la sua stanza. « Bene, datemi il cappotto ».

Mendel s'infilò con le deboli braccia nel cappotto e scese le scale. Mister Glück lo spinse nella macchina. Andarono e per tutto il tragitto non dissero una parola. Mendel non chiese che cosa era successo a Mirjam. È probabile che sia morta anche lei – pensò tranquillamente. Mac l'ha uccisa per gelosia.

Era la prima volta che entrava nella casa del figliolo morto. Lo introdussero in una stanza. Là c'era Mirjam distesa sopra un gran letto bianco. I suoi capelli scendevano sciolti, di un nero brillante dai riflessi blu, sui cuscini candidi. Il suo viso era infocato e i suoi occhi neri avevano larghi cerchi rossi: anelli di fuoco circondavano gli occhi di Mirjam. Un'infermiera sedeva accanto a lei, Mac stava ritto, grande e rigido in un angolo, come un mobile.

« Ecco Mendel Singer » gridò Mirjam. Allungò una mano verso il padre e cominciò a ridere. La sua risata durò qualche minuto. Aveva il suono dello scampanellare acuto, ininterrotto, dei segnali alle stazioni, e come se si battesse con mille bastoncini d'ottone su mille sottili bicchieri di cristallo. A un tratto la risata s'interruppe. Per un istante ci fu silenzio. Poi Mirjam cominciò a singhiozzare. Spinse via la coperta, le sue gambe nude si dimenavano, i suoi piedi battevano veloci e con regolarità sul letto morbido, sempre più veloci, sempre più regolari, mentre i suoi pugni chiusi s'agitavano nell'aria allo stesso ritmo. L'infermiera tenne ferma Mirjam con la forza. Si calmò un poco. « Buon giorno, Mendel Singer! » disse Mirjam. « Tu sei mio padre, posso raccontartelo. Io amo Mac, che sta là, ma l'ho tradito. Con Mister Glück sono andata a letto, sì, con Mister Glück. Glück è il mio Glück,[1] Mac è il mio Mac. Anche Mendel Singer mi piace e se tu vuoi... ». Allora l'infermiera le mise una mano sulla bocca e Mirjam tacque.

Mendel Singer era sempre sulla porta, Mac era sempre nell'angolo. I due uomini continuavano a guardarsi. Siccome non si potevano intendere con le parole, parlavano con gli occhi. « È pazza » dicevano gli occhi di Mendel Singer a quelli di Mac. « Non ha potuto vivere senza uomini, è pazza ».

Vega entrò e disse: « Abbiamo fatto venire il medico. Deve essere qui da un momento all'altro. È da ieri che Mirjam vaneggia. Era andata a passeggio con Mac e, quando è tornata, ha cominciato a comportarsi in questo modo incomprensibile. Il medico deve essere qui da un momento all'altro ».

Il dottore venne. Era un tedesco, riusciva a capirsi con Mendel. « La porteremo in ospedale » disse il dottore. « Sua figlia purtroppo deve andare in un ospedale. Aspetti un momento, ora l'addormento ».

Mac era sempre nella stanza. « Vuole tenerla ferma? » chiese il dottore. Mac tenne ferma Mirjam con le sue grosse mani. Il dottore le fece un'iniezione nella coscia. « Presto sarà tranquilla! » disse.

Venne l'ambulanza, due portatori entrarono nella camera con una barella. Mirjam dormiva. La legarono sulla barella. Mendel, Mac e Vega seguirono con la macchina l'ambulanza.

« Questa tu non l'hai passata » disse Mendel a sua moglie Deborah mentre andavano. « Tocca a me passarci, ma lo sapevo. Da quella sera quando vidi Mirjam col cosacco nel campo, lo sapevo. Il diavolo è entrato in lei. Prega per noi, Deborah, perché esso la lasci ».

Ora Mendel era seduto nella sala d'aspetto dell'o-

1. Bisticcio tra *Glück*, cognome e (*Das*) *Glück*, sostantivo, che significa sia «fortuna», sia «felicità» [*N.d.T.*].

spedale, in mezzo ad altri che come lui aspettavano, davanti a piccoli tavolini sui quali c'erano vasi pieni di fiori gialli d'estate e a sottili rastrelliere cariche di variopinti giornali illustrati. Ma nessuno di quelli che aspettavano odorava i fiori, nessuno sfogliava riviste. Da principio Mendel credette che tutte le persone che sedevano lì con lui fossero pazzi e pazzo lui stesso, come tutti. Poi, attraverso la larga porta di cristallo che separava questa sala d'aspetto dal corridoio intonacato di bianco, vide che di là delle persone con casacche a strisce blu venivano condotte avanti a due a due. Prima donne, poi uomini, e qualche volta uno dei malati infilava nella sala d'aspetto, tra i battenti di cristallo, il suo viso folle, contratto, travagliato, cattivo. Tutti quelli che erano lì ad aspettare rabbrividivano, solo Mendel restava tranquillo. Anzi, gli sembrava strano che anche chi aspettava non portasse casacche a strisce blu, lui compreso.

Sedeva in una larga poltrona di cuoio, il berretto nero di reps di seta l'aveva calcato sopra un ginocchio, il suo ombrello, fedele compagno, era appoggiato accanto al sedile. Mendel guardava ora le persone, ora la porta a cristalli, ora i giornali, ora i pazzi che, di là, continuavano a passare – li portavano al bagno – ora i fiori d'oro nei vasi. Erano primule gialle, Mendel si rammentava di averle viste spesso al suo paese, nei prati verdi. I fiori venivano dalla patria. Li ricordava volentieri. C'erano questi prati, là, e questi fiori! La pace vi era regnata, la gioventù vi era regnata e la fida povertà. D'estate il cielo era tutto azzurro, il sole fortissimo, le messi gialle gialle, le mosche erano verdi iridate e ronzavano calde canzoncine, e alte sotto i cieli azzurri trillavano le allodole, senza posa. Mendel Singer dimenticò, mentre guardava le primule, che Deborah era morta, Sam caduto in guerra, Mirjam pazza e Jonas disperso. Era come se soltanto allora avesse perso la patria e in essa Menuchim, il più fedele di tutti i morti, il più lontano di tutti i morti, il più vicino di tutti i morti. Se fossimo rimasti là – pensava Mendel – non sarebbe successo nulla! Jonas aveva ragione, Jonas, il più sciocco dei miei figli! I cavalli amava, amava l'acquavite, amava le ragazze, ora è disperso! Jonas, non ti rivedrò mai più, non ti potrò dire che avevi ragione a diventare un cosacco. « Ma che andate a fare sempre in giro per il mondo, voi? » aveva detto Sameschkin. « È il diavolo che vi manda! ». Era un contadino, Sameschkin, un contadino intelligente. Mendel non voleva partire. Deborah, Mirjam, Schemarjah – loro erano voluti partire, andare per il mondo. Restare si doveva, amare i cavalli, bere l'acquavite, dormire nei prati, lasciare che Mirjam andasse coi cosacchi e amare Menuchim.

Sono diventato pazzo, rifletté Mendel, a pensare così? Pensa cose simili un vecchio ebreo? Dio ha confuso i miei pensieri, il diavolo pensa dentro la mia testa, così come parla dalla bocca di mia figlia Mirjam.

Venne il dottore, prese Mendel in un angolo e disse sottovoce: « Sia forte, sua figlia è molto malata. Ci sono ora molti casi del genere, la guerra, capisce, e la sventura nel mondo, sono brutti tempi. La medicina non conosce ancora rimedi contro questa malattia. Uno dei suoi figli è epilettico, a quel che sento, scusi sa, ma c'è qualcosa nella famiglia. Noi medici diciamo psicosi degenerativa. Può essere questo. Però potrebbe anche rivelarsi una malattia che noi medici chiamiamo "dementia", "dementia precox", ma anche i nomi non sono sicuri. Questo è uno dei rari casi che noi non riusciamo a guarire. Ma lei è un uomo pio, non è vero, Mister Singer? Il buon Dio può venire in aiuto. Preghi, preghi molto il buon Dio. A proposito, vuol vedere ancora una volta sua figlia? Venga! ».

Un mazzo di chiavi tintinnò, una porta si chiuse con uno scatto secco e Mendel passò per un lungo corridoio davanti a usci bianchi con numeri neri, come bare collocate verticalmente. Ancora una volta tintinnò il mazzo di chiavi dell'infermiera e una delle bare fu aperta, dentro c'era Mirjam e dormiva, Mac e Vega stavano in piedi accanto a lei.

« Ora dobbiamo andare » disse il medico.

« Portatemi direttamente a casa, nella mia via » ordinò Mendel. La sua voce suonò così dura che tutti trasalirono. Lo guardarono. Il suo aspetto non sembrava cambiato. Tuttavia era un altro Mendel. Era vestito esattamente come a Zuchnow e come per tutto quel tempo in America. Con gli stivali alti, il caffettano di media lunghezza, il berretto nero di reps di seta. Che cosa dunque l'aveva così cambiato? Perché appariva a tutti più alto e più imponente? Perché un candido e tremendo splendore emanava dal suo volto? Egli pareva quasi sovrastare l'alto Mac. Sua maestà il dolore, pensò il medico, è entrato nel vecchio ebreo.

« Una volta, » cominciò Mendel in macchina « Sam mi ha detto che la medicina in America è la migliore del mondo. Adesso non può venire in aiuto. Dio può venire in aiuto! – dice il dottore. Di', Vega, hai mai visto che Dio sia venuto in aiuto a un Mendel Singer? Dio può venire in aiuto! ».

« Ora verrai a stare con noi » disse Vega singhiozzando.

« Io non verrò a stare con voi, figlia mia, » rispose Mendel « tu prenderai un marito, non devi stare senza marito, il tuo bambino non deve stare senza padre. Io sono un vecchio ebreo, Vega, presto morirò. Ascolta, Vega! Mac era l'amico di Schemarjah, lui ha amato Mirjam, lo so, non è un ebreo, ma è lui che devi sposare, non Mister Glück! Ascolti, Vega? Ti meraviglia che io parli così, Vega? Non ti meravigliare, non sono pazzo. Sono diventato vecchio, un paio di mondi ho visto andare in rovina, alla fine sono diventato intelligente. Per tutti questi anni sono stato uno stupido maestro. Ora so quel che dico ».

Arrivarono, fecero scendere Mendel, lo condussero nella stanza, Mac e Vega stettero lì ancora un po' senza sapere che cosa fare.

Mendel si sedette sullo sgabello accanto all'armadio e disse a Vega: « Non dimenticare quel che ti ho detto. Ora andate figlioli ».

Lo lasciarono. Si avvicinò alla finestra e li guardò salire in macchina. Gli parve di doverli benedire come figlioli che intraprendano una via molto difficile oppure una molto fortunata. Non li vedrò più – pensò poi – e non li benedirò nemmeno. La mia benedizione potrebbe diventare per loro una maledizione, incontrarsi con me un danno. Si sentiva leggero, sì, leggero come mai in tutti i suoi anni. Aveva sciolto tutti i legami. Gli venne in mente che da anni ormai era solo. Solo era stato dal momento in cui era cessato il piacere fra sua moglie e lui. Solo era, solo. Moglie e figli gli erano stati intorno e gli avevano impedito di portare il suo dolore. Come inutili cerotti, che non guariscono, essi erano stati sulle sue ferite e le avevano solo nascoste. Ora, finalmente, godeva la sua pena con trionfo. Restava solo un legame da rompere. Si mise all'opera.

Andò in cucina, raccolse alla rinfusa carta di giornale e trucioli e accese un fuoco sulla lastra del focolare. Quando il fuoco raggiunse una considerevole altezza e ampiezza, Mendel andò con passo deciso all'armadio e tirò fuori il sacchetto di velluto rosso in cui si trovavano i suoi filatteri, il suo *talèd* e i libri di preghiera. S'immaginava come questi oggetti sarebbero bruciati. Le fiamme afferreranno la stoffa ingiallita del manto di pura lana di pecora e l'annienteranno con lingue appuntite, azzurrognole, voraci. Il bordo luccicante di fili argentei si carbonizzerà lentamente, in piccole spirali incandescenti. Il fuoco arrotolerà pian piano i fogli dei libri tramutandoli in cenere grigio argento e per un paio di secondi colorirà di sangue le lettere nere. Gli angoli di pelle delle copertine si arricciano, si drizzano, come strani orecchi coi quali i libri ascoltano quello che Mendel grida loro nella morte ardente. Una spaventosa canzone grida loro. « È finita, finita, finita per Mendel Singer » egli grida e con gli stivali batte il tempo, così che le assi del pavimento rimbombano e le pentole alla parete cominciano a tintinnare. « Non ha figlio, non ha figlia, non ha moglie, non ha patria, non ha denaro. Dio dice: ho punito Mendel Singer; di che cosa lui, Dio, punisce? Perché non Lemmel, il macellaio? Perché non punisce Skowronnek? Perché non punisce Menkes? Solo Mendel punisce! Mendel ha la morte, Mendel ha la pazzia, Mendel ha la fame, tutti i doni di Dio ha Mendel. È finita, finita, finita per Mendel Singer ».

Così stava Mendel davanti al fuoco vivo e urlava e pestava i piedi. Teneva in braccio il sacchetto di velluto rosso ma non lo buttava dentro. Un paio di volte lo sollevò in alto ma le sue braccia lo riabbassarono. Il suo cuore era in collera con Dio, ma nei suoi muscoli albergava ancora il timore di Dio. Per cinquant'anni, giorno per giorno, quelle mani avevano spiegato e di nuovo ripiegato il *talèd*, svolto e legato intorno alla testa e al braccio sinistro i filatteri, aperto, sfogliato avanti e indietro, e richiuso, quel libro di preghiera. Ora le mani si rifiutavano di obbedire all'ira di Mendel. Solo la bocca, che tanto spesso aveva pregato, non si rifiutava. Solo i piedi, che così spesso, all'alleluia, avevano saltato in onore di Dio, battevano il tempo al canto dell'ira di Mendel.

Siccome i vicini sentirono Mendel urlare e sbraitare e videro il fumo grigio-azzurro penetrare nel pianerottolo dalle fessure e crepe della sua porta, bussarono a Singer e gli gridarono di aprire. Ma lui non li sentì. Il fumo riempiva i suoi occhi e negli orecchi rintronava il suo grande tripudio doloroso. Già i vicini stavano per andare a chiamare la polizia quando uno di loro disse: « Chiamiamo i suoi amici! Sono da Skowronnek. Forse riporteranno il poveretto alla ragione ».

Quando gli amici arrivarono, Mendel effettivamente si tranquillizzò. Tolse il chiavistello e li fece entrare, per ordine, così come erano sempre abituati a entrare nella stanza di Mendel: Menkes, Skowronnek, Rottenberg e Groschel. Costrinsero Mendel a sedersi sul letto, si sedettero loro stessi accanto e di fronte a lui e Menkes disse: « Che ti succede, Mendel? Perché accendi il fuoco, perché vuoi dar fuoco alla casa? ».

« Io voglio bruciare di più che una semplice casa e di più che un semplice uomo. Vi meraviglierete se vi dico che cosa realmente avevo intenzione di bruciare. Vi meraviglierete e direte: anche Mendel è pazzo, come sua figlia. Ma io vi assicuro: non sono pazzo. Per più di sessant'anni sono stato pazzo, oggi non lo sono ».

« Dicci dunque cosa vuoi bruciare! ».

« Dio voglio bruciare ».

Ai quattro che erano presenti sfuggì contemporaneamente un grido. Non erano tutti devoti e timorati di Dio come era sempre stato Mendel. I quattro vivevano ormai da diverso tempo in America, lavoravano il sabbat, miravano al denaro, e la polvere del mondo posava ormai alta, spessa e grigia sulla loro antica fede. Molte usanze avevano dimenticato, più di una legge avevano infranto, con la loro testa e le loro membra avevano peccato. Ma Dio dimorava ancora nei loro cuori. E quando Mendel bestemmiò Dio, fu per essi come se avesse afferrato con dita aguzze i loro cuori nudi.

« Non bestemmiare, Mendel » disse dopo un lungo silenzio Skowronnek. « Tu sai meglio di me, perché hai studiato molto di più, che i colpi di Dio hanno un senso nascosto. Non sappiamo per che cosa siamo puniti ».

« Ma io lo so, Skowronnek » rispose Mendel. « Dio è crudele, e più gli si ubbidisce, più ci tratta con severità. È più potente dei potenti, con l'unghia del suo dito mignolo può dar loro il colpo di grazia, ma non lo fa. Solo i deboli ama annientare. La debolezza di un uomo eccita la sua forza e l'ubbidienza risveglia la sua ira. È un grande crudele *isprawnik* [1]. Se tu osservi le leggi, allora dice che le hai osservate solo per tuo vantaggio. E se appena trasgredisci uno solo dei comandamenti, allora ti perseguita con cento castighi. Se vuoi corromperlo, ti fa un processo. E se ti comporti onestamente con lui, sta in agguato per corromperti. In tutta la Russia non esiste un peggiore *isprawnik* ».

« Rammentati, Mendel, » cominciò Rottenberg « rammentati di Giobbe. A lui è accaduto qualcosa di simile a te. Sedeva sulla nuda terra, cenere sulla testa, e le sue ferite gli facevano così male che si rotolava al suolo come un animale. Anche lui bestemmiò Dio. Eppure era stata soltanto una prova. Che ne sappiamo noi, Mendel, di quello che succede lassù? Forse il maligno si è presentato a Dio e ha detto, come allora: Si deve tentare un giusto. E il Signore ha detto: Prova pure con Mendel, il mio servo ».

« E allora vedi anche tu » intervenne Groschel « che il tuo rimprovero è ingiusto. Perché Giobbe non era un debole quando Dio prese a provarlo, ma un potente. E anche tu non eri un debole, Mendel! Tuo fi-

1. Capo della polizia distrettuale nella Russia zarista [*N.d.T.*].

glio aveva un negozio, un grande magazzino, diventava di anno in anno più ricco. Tuo figlio Menuchim era pressoché guarito, e poco mancava che venisse anche lui in America. Tu eri sano, tua moglie era sana, tua figlia era bella, e presto avresti trovato un marito per lei! ».

« Perché mi fai il cuore a pezzi, Groschel? » replicò Mendel. « Perché mi enumeri tutto quello che è stato, ora che non c'è più nulla? Le mie ferite non sono ancora rimarginate, e già le riapri di nuovo ».

« Ha ragione » dissero gli altri tre, come da una sola bocca.

E Rottenberg cominciò: « Il tuo cuore è a pezzi, Mendel, lo so. Siccome noi però possiamo parlare di tutto con te e tu sai che portiamo le tue pene come se fossimo tuoi fratelli, andrai in collera con noi se ti prego di pensare a Menuchim? Forse, caro Mendel, hai tentato di turbare i piani di Dio lasciando Menuchim laggiù? Ti era toccato un figlio malato, e voi avete agito come se fosse un cattivo figlio ».

Ci fu silenzio. A lungo Mendel non dette risposta. Quando riprese a parlare fu come se non avesse udito affatto le parole di Rottenberg; perché si rivolse a Groschel e disse:

« E che cosa vorresti dire con l'esempio di Giobbe? Avete visto già dei veri miracoli, coi vostri occhi? Miracoli come quelli riportati alla fine di Giobbe? Risusciterà mio figlio Schemarjah dalla fossa comune in Francia? Tornerà vivo mio figlio Jonas da disperso che era? Ritornerà mia figlia Mirjam improvvisamente guarita dal manicomio? E se ritorna, troverà ancora un marito e potrà continuare a vivere tranquillamente come una che non è mai stata pazza? Si leverà mia moglie Deborah dalla fossa, che è ancora umida? E mio figlio Menuchim verrà qui dalla Russia, in piena guerra, supposto che sia ancora vivo? Perché non è giusto » e Mendel si rivolse di nuovo a Rottenberg « dire che ho lasciato laggiù Menuchim per malvagità e per punirlo. Per altri motivi, a causa di mia figlia, che aveva cominciato a praticare dei cosacchi – dei cosacchi! – abbiamo dovuto andarcene. E perché mai Menuchim era malato? Già la sua malattia era un segno della collera di Dio – e il primo dei colpi che non ho meritato ».

« Sebbene Dio possa tutto, » cominciò il più assennato di tutti, Menkes « è tuttavia da supporre che non faccia più i veri grandi miracoli perché il mondo non ne è più degno. E se anche Dio volesse fare un'eccezione per te, vi si opporrebbero i peccati degli altri. Perché gli altri non meritano di veder capitare un miracolo a un giusto, e per questo Lot dovette emigrare, e Sodoma e Gomorra perirono e non videro il miracolo di Lot. Oggi però il mondo è dovunque abitato – e anche se tu emigri, i giornali riporteranno che cosa ne è stato di te. Così, oggigiorno, Dio deve compiere solo dei miracoli modesti. Ma sono grandi abbastanza, sia lodato il Suo nome! Tua moglie Deborah non può tornare in vita, tuo figlio Schemarjah non può tornare in vita. Ma Menuchim probabilmente è vivo e dopo la guerra potrai vederlo. Tuo figlio Jonas forse è in prigionia e dopo la guerra potrai vederlo. Tua figlia può guarire, la libereranno dal suo cervello malato, potrà essere più bella di prima e avrà un marito e ti partorirà dei nipoti. E un nipote ce l'hai già, il figlio di Schemarjah. Raccogli, per quest'unico nipote, tutto l'amore che finora avevi per tutti i tuoi figli! E sarai consolato ».

« Fra me e mio nipote, » rispose Mendel « il legame è spezzato, perché Schemarjah, mio figlio e padre di mio nipote, è morto. Mia nuora Vega sposerà un altro uomo, mio nipote avrà un nuovo padre di cui io non sono il padre. La casa di mio figlio non è la mia casa. Là io non ho nulla da cercare. La mia presenza porta sventura e il mio amore attira la maledizione come un albero solitario nella pianura il fulmine. Per quanto poi riguarda Mirjam, il dottore stesso mi ha detto che la medicina non può guarire la sua malattia. Jonas probabilmente è morto e Menuchim era malato, anche se stava meglio. Nel bel mezzo della Russia e dei pericoli di una guerra, sarà certamente perito. No, amici miei! Io sono solo e voglio esser solo. Per anni ho amato Dio e lui mi ha odiato. Per anni l'ho temuto, ora non può farmi più nulla. Tutte le frecce della sua faretra mi hanno già colpito. Ormai può solo uccidermi. Ma per questo è troppo crudele. Vivrò, vivrò, vivrò ».

« Ma la sua potenza » obiettò Groschel « è in questo mondo e nell'altro. Guai a te, Mendel, quando sarai morto! ».

Allora Mendel rise di cuore e disse: « Non ho paura dell'inferno, la mia pelle è già bruciata, le mie membra sono già fiaccate e gli spiriti maligni sono miei amici. Tutte le pene dell'inferno le ho già sofferte. È più benigno di Dio, il diavolo. Siccome non è così potente, non può essere così crudele. Io non ho paura, amici miei! ».

Allora gli amici ammutolirono. Ma non vollero lasciare Mendel solo e così restarono seduti in silenzio. Groschel, il più giovane, scese a informare le mogli degli altri e la sua che quella sera gli uomini non sarebbero tornati a casa. Egli portò altri cinque ebrei nella casa di Mendel Singer in modo da essere in dieci e poter dire la preghiera della sera. Cominciarono a pregare. Ma Mendel Singer non partecipò alla preghiera. Rimase immobile a sedere sul letto. Non disse nemmeno la preghiera dei morti – e Menkes la disse per lui. I cinque estranei lasciarono la casa. Ma i quattro amici restarono tutta la notte. Una delle due lampade azzurre ardeva ancora con l'ultimo resto di lucignolo e l'ultima goccia d'olio. C'era silenzio. Ora l'uno ora l'altro si addormentava sulla sua sedia, russava e si svegliava, disturbato dal proprio stesso rumore; poi si appisolava di nuovo.

Solo Mendel non dormì. Gli occhi spalancati, fissava la finestra dietro la quale la fitta tenebra della notte cominciava finalmente a farsi rada, poi grigia, poi biancastra. Sei colpi risonarono da dentro l'orologio. Allora gli amici si svegliarono, uno dopo l'altro. E senza che si fossero messi d'accordo, presero Mendel a braccetto e lo condussero giù. Lo portarono nel retrobottega degli Skowronnek e lo coricarono sopra un sofà.

Qui si addormentò.

XIV

Da quella mattina Mendel Singer restò dagli Skowronnek. I suoi amici vendettero le misere masserizie. Lasciarono solo lenzuoli e coperte e il sacchetto di velluto rosso con gli oggetti per la preghiera, che Mendel era stato lì lì per bruciare. Mendel non lo toccò più. Nel retrobottega degli Skowronnek restò appeso, grigio di polvere, a un grosso chiodo. Mendel Singer non pregò più. Certo qualche volta ci si servì di lui, quando mancava il decimo per completare il prescritto numero degli oranti. Allora si faceva pagare la sua presenza. A volte prestava anche, all'uno o all'altro, i suoi filatteri dietro un piccolo compenso. Si raccontava di lui che andasse spesso nel quartiere italiano per mangiare carne di maiale e far dispetto a Dio. Le persone in mezzo alle quali viveva parteggiavano per Mendel nella lotta che egli aveva intrapreso contro il cielo. Sebbene fossero credenti, dovevano dare ragione all'ebreo. Troppo duramente Geova l'aveva trattato.

C'era ancora la guerra nel mondo. Eccetto Sam, il figlio di Mendel, tutti gli abitanti del quartiere partiti per il fronte erano vivi. Il giovane Lemmel era diventato ufficiale e aveva perso, fortunatamente, la mano sinistra. Venne in licenza e fu l'eroe del quartiere. Egli conferiva a tutti gli ebrei il diritto di cittadinanza in America. Restò poi soltanto nelle retrovie, per dare l'ultima rifinitura alle truppe fresche. Per quanto fosse grande la differenza fra il giovane Lemmel e il vecchio Singer, gli ebrei del quartiere li accostavano, in certo modo, l'uno all'altro. Era come se gli ebrei pensassero che Mendel e Lemmel si fossero spartita fra loro l'intera dose della sventura che era stata destinata a tutti. E ben più che una mano sinistra aveva perso Mendel! Se Lemmel combatteva contro i tedeschi, Mendel combatteva contro potenze ultraterrene. E sebbene convinti che il vecchio non fosse più in grado di disporre di tutto il suo intelletto, gli ebrei non potevano fare a meno di mescolare dell'ammirazione alla loro pietà e della reverenza, dinanzi alla santità della follia. Un eletto, senza dubbio, era Mendel Singer. Commiserevole testimone della crudele potenza di Geova, egli viveva in mezzo agli altri il cui faticoso giorno feriale non era turbato da terrori. Per lunghi anni aveva vissuto tutti i suoi giorni come loro, da pochi considerato, dai più neanche notato. Un giorno lui era stato prescelto, in modo terribile. Non c'era più nessuno che non lo conoscesse. La maggior parte della giornata la passava nella piccola via. Pareva quasi che fosse parte della sua maledizione, non solo soffrire una sventura senza uguali, ma anche portare il segno del dolore come un vessillo. E come una sentinella delle sue stesse pene egli andava su e giù in mezzo alla via, salutato da tutti, da più d'uno ricevendo in dono qualche monetina, da molti apostrofato. Delle elemosine non ringraziava, i saluti li ricambiava a stento e alle domande rispondeva sì o no. La mattina si alzava presto. Nel retrobottega degli Skowronnek non entrava luce, non aveva finestre. Il mattino lo sentiva soltanto attraverso le saracinesche, una lunga strada il mattino aveva da fare prima di giungere a Mendel Singer. Quando cominciavano i primi rumori nelle vie, Singer cominciava la giornata. Nel fornelletto a spirito bolliva il tè. Lo beveva mangiando un uovo sodo col pane. Gettava un'occhiata timida ma cattiva al sacchetto con gli oggetti sacri appeso alla parete, nell'ombra blu scura esso sembrava un'escrescenza, ancor più nera, dell'ombra. « Io non prego! » si diceva Mendel. Ma non pregare gli faceva male. La sua ira lo addolorava, e l'impotenza di quell'ira. Sebbene Mendel fosse in collera con Lui, Dio reggeva ancora il mondo. L'odio non poteva toccarlo, né più né meno della devozione.

Pieno di questi e simili pensieri Mendel cominciava la sua giornata. Prima, si rammentava, il suo risveglio era lieve, la lieta attesa della preghiera lo destava e il piacere di rinnovare la consapevole vicinanza a Dio. Dal grato tepore del sonno penetrava nell'ancor più segreto, ancor più intimo splendore della preghiera, come in una sala sfarzosa eppure consueta, in cui abitava il potente ma sorridente padre. « Buon giorno, padre! » diceva Mendel Singer – e credeva di sentire una risposta. Un inganno era stato. La sala era sfarzosa e fredda, il padre era potente e cattivo. Sulle sue labbra non venivano altri suoni fuorché il tuono.

Mendel Singer apriva il negozio, disponeva gli spartiti, i testi delle canzoni, i dischi nella stretta vetrina e con una lunga stanga alzava la saracinesca. Poi prendeva una boccata d'acqua, la spruzzava sul pavimento, afferrava la granata e spazzava il sudicio del giorno prima. Con una piccola paletta portava i pezzetti di carta nel focolare, accendeva il fuoco e li bruciava. Poi usciva, comprava un paio di giornali e li portava ad alcuni vicini nelle case. Incontrava i garzoni dei lattai e i primi fornai, li salutava e tornava al 'negozio'. Di lì a poco arrivavano gli Skowronnek. Lo mandavano a fare questa o quella commissione. Quant'era lungo il giorno non si sentiva che: « Mendel, corri a comprare un'aringa », « Mendel, l'uvetta non è ancora messa in conserva! », « Mendel, hai dimenticato la biancheria! », « Mendel, la scala è rotta! », « Alla lanterna manca un vetro », « Dov'è il cavatappi? ». E Mendel correva a comperare un'aringa, a mettere l'uvetta in conserva, a prendere la biancheria, ad aggiustare la scala, a portare la lanterna al vetraio, a cercare il cavatappi. Le vicine qualche volta, quando c'era al cinema un nuovo programma o era venuta una nuova compagnia teatrale, andavano a prenderlo perché guardasse i piccoli. E Mendel sedeva accanto a questi bambini sconosciuti e, come una volta a casa aveva fatto dondolare con la spinta leggera e delicata di un dito la cesta di Menuchim, così ora con la punta del piede leggera e delicata dondolava le culle di poppanti sconosciuti, dei quali non sapeva il nome. Cantava per giunta una vecchia canzone, una vecchissima canzone: « Ripeti con me, Menuchim: "In principio Dio creò cielo e terra", ripetilo con me, Menuchim! ».

Era il mese di Elūl, cominciavano le grandi feste. Tutti gli ebrei del quartiere vollero allestire un oratorio provvisorio nel retrobottega di Skowronnek (nella sinagoga non andavano volentieri). « Mendel, pregheremo nella tua stanza! » disse Skowronnek. « Che cosa ne dici? ». « Bisogna pregare! » rispose Mendel. E guardava gli ebrei che si radunavano, accendevano le grosse candele gialle di cera, con gli stoppini che pendevano fuori. Lui stesso aiutò ogni negoziante a tirare giù le saracinesche e a chiudere le porte. Li stava a guardare mentre tutti indossavano le casacche bianche, così da somigliare a cadaveri che sono risuscitati per lodare Dio. Si levarono le scarpe e restarono coi calzini. Si gettavano in ginocchio e si rialzavano, le grosse candele di cera giallo oro e quelle candide di stearina si piegavano e sgocciolavano sui manti da preghiera calde lacrime che subito si rapprendevano. Anche gli ebrei, tutti bianchi, si piegavano come le candele e anche le loro lacrime cadevano sul pavimento e si asciugavano. Ma Mendel Singer stava diritto, nero e muto, con la sua veste di tutti i giorni, in fondo, vicino alla porta, e non si muoveva. Le sue labbra erano sigillate e il cuore una pietra. Il canto del Kol Nidre si levò come un vento caldo. Le labbra di Mendel Singer rimasero sigillate e il cuore una pietra. Nero e muto, con la sua veste di tutti i giorni, si teneva in fondo, vicino alla porta. Nessuno gli badava. Gli ebrei si sforzavano di non vederlo. Un estraneo era in mezzo a loro. L'uno o l'altro pensava a lui e pregava per lui. Ma Mendel Singer stava in piedi accanto alla porta ed era in collera con Dio. Pregano tutti perché hanno paura – pensava. Ma io non ho paura. Non ho paura!

Quando tutti se ne furono andati, Mendel Singer si stese sul suo duro sofà. Era ancora caldo dei corpi degli oranti. Quaranta candele ardevano ancora nella stanza. Spegnerle non osava, non lo facevano dormire. Così giacque sveglio tutta la notte. Escogitò bestemmie inaudite. S'immaginò che sarebbe uscito per andare nel quartiere italiano a comperare carne di maiale in un ristorante e che sarebbe ritornato per consumarla lì, in compagnia delle candele che ardevano in silenzio. Slegò, infatti, il suo fazzoletto, contò, infatti, le monete che possedeva, ma non lasciò la stanza e non mangiò nulla. Giaceva vestito, con gli occhi spalancati, sul sofà e mormorava: « È finita, finita, finita per Mendel Singer! Non ha figlio, non ha figlia, non ha moglie, non ha denaro, non ha casa, non ha Dio! È finita, finita, finita per Mendel Singer! ». Le fiammelle dorate e azzurrognole delle candele vacillavano piano. Le calde lacrime di cera sgocciolavano con colpi secchi sui piattelli dei candelieri, sulla sabbia gialla nei mortai d'ottone, sul vetro verde scuro delle bottiglie. L'alito caldo degli oranti era ancora vivo nella stanza. Sulle sedie disposte lì provvisoriamente per loro c'erano ancora i manti bianchi che aspettavano la mattina e la continuazione della preghiera. C'era odore di cera e di stoppini bruciati. Mendel lasciò la stanza, aprì il negozio, uscì all'aperto. Era una chiara notte d'autunno. Non si vedeva anima viva. Mendel andò su e giù davanti al negozio, finché risuonarono i grandi, lenti passi del poliziotto. Allora Mendel ritornò nel negozio. Evitava, ancora sempre, le persone in uniforme.

Il periodo delle feste era passato, veniva l'autunno, la pioggia cantava. Mendel comperava aringhe, spazzava il pavimento, andava a prendere la biancheria, aggiustava la scala, cercava il cavatappi, metteva l'uvetta in conserva, andava su e giù in mezzo alla via. Delle elemosine ringraziava a stento, i saluti non li ricambiava, alle domande rispondeva con sì o no. Il pomeriggio, quando la gente si radunava per parlare di politica e dare lettura dei giornali, Mendel si stendeva sul sofà e dormiva. I discorsi degli altri non lo svegliavano. La guerra non lo interessava affatto. I dischi più recenti gli facevano da ninna nanna. Si svegliava soltanto quando era tornato il silenzio e tutti erano spariti. Allora parlava ancora un po' col vecchio Skowronnek.

« Tua nuora si sposa » disse Skowronnek una volta.
« Giustissimo! » rispose Mendel.

« Ma sposa Mac! ».

« Gliel'ho consigliato io! ».

« Il negozio va bene! ».

« Non è mio il negozio ».

« Mac ci ha fatto sapere che vuole darti del denaro! ».

« Non voglio denaro! ».

« Buona notte, Mendel! ».

« Buona notte, Skowronnek! ».

Le terribili novità divampavano sui giornali che Mendel era solito comprare ogni mattina. Divampavano, lui percepiva suo malgrado il loro lontano riflesso, non voleva saperne nulla. In Russia non regnava più lo Zar. Bene, non regnasse pure più lo Zar. Di Jonas e Menuchim, comunque, non sapevano dir nulla i giornali. Da Skowronnek si scommetteva che la guerra sarebbe finita entro un mese. Bene, che la guerra finisse pure. Schemarjah non sarebbe tornato. La direzione del manicomio scriveva che le condizioni di Mirjam non erano migliorate. Vega inviò la lettera, Skowronnek la lesse a Mendel. « Bene, » disse Mendel « Mirjam non guarirà più! ».

Il suo vecchio caffettano nero aveva le spalle lucide e verdognole, e la cucitura, come un disegno minuscolo della colonna vertebrale, divenne visibile lungo tutta la schiena. La figura di Mendel rimpiccioliva sempre di più. Le falde della sua veste diventavano sempre più lunghe e quando Mendel camminava, non toccavano più i gambali degli stivali ma già quasi i malleoli. La barba, che prima copriva solo il petto, arrivava fino agli ultimi bottoni del caffettano. La visiera del berretto di reps nero, ora verdastro, era diventata molle e cedevole e pendeva floscia sugli occhi di Mendel Singer, quasi un cencio. Nelle tasche Mendel Singer portava molte cose: pacchetti che era andato a ritirare, giornali, diversi arnesi coi quali riparava dagli Skowronnek oggetti guasti, grovigli di spaghi colorati, carta da involti e pane. Questi pesi incurvavano ancora di più la schiena di Mendel, e siccome la tasca destra era di solito più pesante della sinistra, anche la spalla destra del vecchio era più bassa. Egli andava così sbilenco e tutto curvo per la via, un essere decrepito, coi ginocchi piegati e le suole che strisciavano per terra. Le novità del mondo e i giorni della settimana e le feste degli altri gli passavano vicino rotolando come carri davanti a una vecchia casa fuori mano.

Un giorno la guerra finì per davvero. Il quartiere era deserto. La gente era andata a vedere i festeggiamenti per la pace e il ritorno dei reggimenti. Molti avevano dato incarico a Mendel di badare alle loro case. Andava da un appartamento all'altro, provava maniglie e serrature e ritornava poi nel negozio. Da una smisurata lontananza gli pareva di sentire il gaio frastuono del mondo in festa, gli scoppi dei fuochi d'artificio e le risate di decine di migliaia di persone. Una piccola quieta pace lo invase. Le sue dita grattarono la barba, le labbra si atteggiarono a un sorriso, anzi, perfino un sommesso risolino uscì a brevi strappi dalla sua gola. « Anche Mendel si farà una festa » bisbigliò, e per la prima volta si accostò a una delle cassette color noce dei fonografi. Aveva già visto come si dava la carica. « Un disco, un disco! » disse. Quella mattina era venuto un reduce e aveva portato una mezza dozzina di dischi, nuove canzoni dall'Europa. Mendel prese dal pacco quello in cima e lo depose con cautela sul piatto, pensò un istante per ricordarsi esattamente come procedere e infine ci poggiò sopra la puntina. L'apparecchio raschiò un poco. Poi risonò la canzone. Era sera, Mendel stava in piedi al buio accanto al fonografo e ascoltava attentamente. Ogni giorno aveva sentito lì delle canzoni, allegre e tristi, lente e svelte, cupe e serene. Mai una però era stata come questa. Scorreva come un rivoletto d'acqua mormorando appena, poi s'ingrossava come il mare, mugghiava. Il mondo intero io sento ora – pensò Mendel. Com'è possibile che il mondo intero sia inciso su un disco così piccolo? E quando s'insinuò un piccolo flauto argenteo, che da quel momento, come un orlo sottile e fedele, non abbandonò più i vellutati violini, per la prima volta, dopo tanto tempo, Mendel cominciò a piangere. Ecco, la canzone era finita. La rimise un'altra volta, e una terza volta. L'accompagnò infine con la sua voce roca tamburellando con timide dita sul telaio della cassetta.

Così lo trovò Skowronnek tornando a casa. Fermò il fonografo e disse: « Mendel, accendi la lampada! Cosa stai suonando? ». Mendel accese la lampada. « Guarda un po', Skowronnek, come si chiama questa canzone ». « Sono i dischi nuovi » disse Skowronnek. « Li ho comprati oggi. La canzone si chiama... » e Skowronnek inforcò gli occhiali, tenne il disco sotto la lampada e lesse: « si chiama: "La canzone di Menuchim" ».

Mendel si sentì improvvisamente mancare. Dovette sedersi. Fissava il disco lucente nelle mani di Skowronnek.

« So a che cosa pensi » disse Skowronnek.

« Sì » rispose Mendel.

Skowronnek girò un'altra volta la manovella. « Una bella canzone » disse Skowronnek, piegò la testa sulla spalla sinistra e stette ad ascoltare.

Un po' per volta il negozio s'empì dei vicini ritardatari. Nessuno parlava. Tutti ascoltavano la canzone e dondolavano a tempo la testa.

E l'ascoltarono sedici volte, finché la seppero a memoria.

Mendel restò solo nel negozio. Sprangò accuratamente la porta dall'interno, vuotò la vetrina, cominciò a svestirsi. La canzone accompagnava ciascuno dei suoi passi. Mentre si addormentava, gli parve che l'azzurra e argentea melodia si congiungesse col gemito lamentevole, con l'unica canzone, da tanto tempo mai più udita, di Menuchim, del suo Menuchim.

XV

I giorni si allungarono. Le mattine portavano con sé già tanta luce che, attraverso la saracinesca chiusa, potevano penetrare perfino nel retrobottega senza finestre di Mendel. In aprile la viuzza si svegliava con un anticipo di un'ora buona. Mendel accendeva il fornelletto a spirito, metteva su il tè, riempiva la catinella azzurra, immergeva il viso nella tazza, si asciugava con un lembo dell'asciugamano che era appeso alla maniglia della porta, apriva la saracinesca, prendeva una boccata d'acqua, spruzzava accuratamente il pavimento di assi e osservava gli intricati ornamenti che il limpido getto schizzato dalle sue labbra disegnava nella polvere. Già sibilava il fornelletto a spirito; ancora non erano suonate nemmeno le sei. Mendel usciva sulla porta. Ecco, si aprivano le finestre nella via come da sé. Era primavera.

Era primavera. Si facevano i preparativi per la Pasqua, in tutte le case Mendel dava una mano. Passava la pialla sul piano di legno dei tavoli per ripulirli dai resti profani di cibo di tutto un anno. Collocava sui ripiani bianchi delle vetrine i pacchetti rotondi, a forma di cilindro, nei quali stavano le pile di azzime avvolte in carta rossa carminio, e liberava i vini di Palestina dalle ragnatele sotto le quali avevano riposato nelle fresche cantine. Smontava i letti dei vicini e li portava pezzo per pezzo nei cortili, dove il mite sole d'aprile attirava all'aperto pulci e cimici per consegnarle allo sterminio mediante benzina, trementina e petrolio. Faceva con le forbici nella carta colorata, rosa e celeste, dei buchi tondi, angolari, delle frange, e poi la fissava, come artistica guarnizione per le stoviglie, con le puntine alle mensole delle cucine. Le botti e i fusti li riempiva d'acqua calda e con stanghe di legno teneva sul fuoco delle grosse palle di ferro finché erano incandescenti. Poi tuffava le palle nei fusti e nelle botti, l'acqua sibilava, i recipienti erano puliti, come ordinava il precetto. In giganteschi mortai pestava i pani azzimi fino a farne farina, la versava in sacchi puliti che poi legava con nastrini azzurri. Tutto questo, un tempo, l'aveva fatto a casa sua. Laggiù la primavera arrivava più lentamente che in America. Mendel rammentava la neve grigiastra, invecchiata, che di questa stagione orlava il piancito di legno del marciapiede a Zuchnow, i ghiaccioli di cristallo sul bordo dei cocchiumi, le improvvise dolci piogge che cantavano nelle grondaie tutta la notte, i tuoni lontani che si allontanavano rimbombando dietro il bosco di pini, la brina bianca che ricopriva teneramente ogni mattino celeste, e Menuchim, che Mirjam aveva infilato in un grosso barile per sbarazzarsene, e la speranza che finalmente, finalmente quell'anno sarebbe venuto il messia. Non era venuto. Non viene, pensava Mendel, non verrà. Altri lo aspettino pure. Mendel non lo aspettava.

Eppure quella primavera Mendel appariva cambiato, agli amici come ai vicini. A volte notavano che canticchiava una canzone e coglievano un lieve sorrisetto sotto la sua barba bianca.

« Rimbambisce, è già vecchio » diceva Groschel.

« Ha dimenticato tutto » diceva Rottenberg.

« È la gioia prima della morte » pensava Menkes.

Skowronnek, che lo conosceva meglio di tutti, taceva. Solo una volta, una sera, prima di andare a letto, disse a sua moglie: « Da quando sono arrivati i nuovi dischi, il nostro Mendel è un altro uomo. Di tanto in tanto lo sorprendo a caricare lui stesso un fonografo. Che cosa ne pensi? ».

« Penso » rispose spazientita la signora Skowronnek « che Mendel invecchia e rimbambisce e presto non sarà più buono a nulla ». Già da parecchio tempo era scontenta di Mendel. Più lui invecchiava e più diminuiva la sua compassione per lui. Poco per volta dimenticò anche che Mendel era stato un uomo benestante e la sua simpatia, che si era nutrita del suo rispetto (perché cuore ne aveva poco), se ne morì. Non lo chiamava nemmeno più come all'inizio: Mister Singer – ma semplicemente Mendel, come ben presto tutti quanti. E se prima gli aveva dato delle incombenze con quel certo ritegno che stava a dimostrare come la sua docilità la onorasse e la confondesse allo stesso tempo, ora cominciò a comandarlo con una tale impazienza che già dava a vedere in anticipo quanto fosse scontenta della sua obbedienza. Sebbene Mendel non fosse duro d'orecchi, la signora Skowronnek alzava la voce per parlare con lui come se temesse di essere fraintesa e volesse dimostrare, gridando, che Mendel sbagliava nell'eseguire i suoi ordini quando lei gli parlava col suo tono di voce usuale. Il suo gridare era una misura precauzionale; questa era l'unica cosa che mortificava Mendel. Perché lui, che era tanto umiliato dal cielo, dava poca importanza allo scherzare bonario e sconsiderato degli uomini e si offendeva solo quando si metteva in dubbio la sua capacità di capire. « Mendel, spicciatevi » così cominciava ogni incarico della signora Skowronnek. La spazientiva, le sembrava troppo lento. « Non gridi così, » rispondeva Mendel di quando in quando « la sento, la sento ». « Ma non si sbriga, ha del tempo lei! ». « Ho meno tempo di lei, signora Skowronnek, quant'è vero che sono più vecchio di lei! ». La signora Skowronnek, che non afferrava subito il senso allusivo della risposta e l'ammonimento, ma si sentiva solo presa in giro, si rivolgeva di botto alla persona più vicina in negozio: « Allora, cosa ne dice? Invecchia! Il nostro Mendel invecchia! ». Gli avrebbe volentieri rinfacciato ben altre caratteristiche, ma si contentava di fare accenno all'età, che considerava un vizio. Quando Skowronnek sentiva discorsi del genere, diceva a sua moglie: « Invecchiare, s'invecchia tutti! Io ho esattamente la stessa età di Mendel – e anche tu non ringiovanisci! ». « Puoi sposartene una giovane » diceva la signora Skowronnek. Era felice di avere finalmente un buon pretesto per una lite coniugale. E Mendel, che conosceva lo sviluppo di questi battibecchi e capiva in anticipo che la collera della signora Skowronnek alla fine si sarebbe scaricata sul marito e amico suo, tremava per la sua amicizia.

Quel giorno la signora Skowronnek aveva un particolare motivo per essere prevenuta contro Mendel Singer. « Figurati, » disse a suo marito « da qualche giorno è sparito il mio trinciante. Potrei giurare che l'ha preso Mendel. Se però glielo chiedo, non ne sa nulla. Diventa sempre più vecchio, è come un bambino! ».

In effetti Mendel Singer aveva preso e nascosto il trinciante della signora Skowronnek. Già da molto tempo preparava in segreto un grande piano, l'ultimo della sua vita. Una sera credette di poterlo attuare.

Fece finta di appisolarsi sul sofà, mentre i vicini s'intrattenevano con Skowronnek. Ma, in realtà, Mendel non dormiva affatto. Stette ad aspettare, con gli orecchi tesi e le palpebre chiuse, finché l'ultimo si fu allontanato. Poi tirò fuori il trinciante da sotto il guanciale del sofà, lo nascose sotto il caffettano e scivolò fuori nella via già buia. I lampioni non erano ancora accesi, da parecchie finestre veniva già la luce gialla delle lampade. Mendel Singer si piantò di fronte alla casa dove aveva abitato con Deborah e scrutò le finestre del suo appartamento di una volta. Ora ci abitavano i Frisch, una giovane coppia di sposi, che avevano aperto sotto una gelateria moderna. In quel momento i due giovani uscivano di casa. Chiusero il negozio. Andavano al concerto. Erano economi, per non dire avari, laboriosi, e amavano la musica. Il padre del giovane Frisch aveva diretto a Kowno un'orchestrina per nozze. Quella sera dava un concerto un'orchestra filarmonica appena arrivata dall'Europa. Erano già diversi giorni che Frisch ne parlava. Ora ci andavano. Non videro Mendel. Egli attraversò quatto quatto la strada, entrò nella casa, salì su a tastoni con la mano sull'usata ringhiera e tirò fuori di tasca tutte le chiavi. Gliele davano i vicini che gli affidavano la custodia dei loro appartamenti quando andavano al cinema. Senza fatica aprì la porta. Mise il chiavistello, si distese bocconi sul pavimento e cominciò a battere le assi una per una. Andò avanti per diverso tempo. Si stancò, si concesse una piccola pausa e poi riprese il lavoro. Finalmente suonò vuoto, proprio nel punto dove una volta c'era il letto di Deborah. Mendel levò il sudicio dalle commettiture, col trinciante smosse l'asse ai quattro lati e la sollevò. Non si era ingannato, trovò quello che cercava. Afferrò il fazzoletto ben annodato, lo nascose nel caffettano, rimise a posto l'asse e si allontanò senza far rumore. Non c'era nessuno sul pianerottolo, non l'aveva visto anima viva. Egli chiuse il negozio prima del solito quel giorno, tirò giù le saracinesche. Accese il grosso lampadario, il beccuccio circolare, e si sedette nel suo cono di luce. Slegò il fazzoletto e contò quel che c'era dentro. Sessantasette dollari in monete e in banconote aveva risparmiato Deborah. Era molto, ma non bastava e Mendel fu deluso. Vi aggiunse i suoi propri risparmi, le elemosine e i piccoli compensi per i lavoretti che faceva nelle case, erano novantasei dollari precisi. Non bastavano. Dunque ancora un paio di mesi! bisbigliò Mendel. Ho tempo.

Sì, aveva tempo, molto a lungo ancora egli doveva vivere! Davanti a lui si stendeva il grande oceano. Ancora una volta lo doveva attraversare. Tutto quel grande mare aspettava Mendel. Tutta Zuchnow e dintorni lo aspettavano: la caserma, il bosco di pini, le rane delle paludi e i grilli dei campi. Se Menuchim è morto, giace nel piccolo cimitero e aspetta. Anche Mendel si distenderà. Prima entrerà nel cascinale di Sameschkin, non avrà più timore dei cani, dategli un lupo di Zuchnow e lui non avrà paura. Incurante degli insetti e dei vermi, delle rane verdi e delle cavallette, Mendel sarà capace di stendersi sulla nuda terra. Rintroneranno le campane della chiesa e gli rammenteranno la luce sonnecchiante negli occhi stolidi di Menuchim. Mendel risponderà: « Son tornato a casa, caro Sameschkin, vadano altri in giro per il mondo, i miei mondi sono morti, io sono tornato per addormentarmi qui per l'eternità! ». La notte blu sovrasta la campagna, le stelle brillano, le rane gracidano, i grilli stridono e laggiù, nel bosco buio, qualcuno canta la canzone di Menuchim.

Così si addormenta oggi Mendel, in mano tiene il fazzoletto annodato.

La mattina dopo andò in casa di Skowronnek, posò

il trinciante sulla fredda lastra del focolare in cucina e disse: « Ecco qua, signora Skowronnek, il trinciante si è ritrovato! ».

Stava per allontanarsi in fretta, ma la signora Skowronnek cominciò: « Ritrovato! Non era difficile, voi l'avete nascosto! A proposito ieri avete dormito sodo. Siamo ripassati davanti al negozio e abbiamo bussato. Non avete sentito? Il Frisch della gelateria ha da dirvi qualcosa di molto importante. Dovete passare subito da lui ».

Mendel si spaventò. Qualcuno dunque l'aveva visto ieri, forse un altro aveva saccheggiato l'appartamento e si sospettava di Mendel. O forse non erano affatto i risparmi di Deborah, ma quelli della signora Frisch e lui l'aveva derubata. Le sue ginocchia tremavano. « Permettete che mi sieda » disse alla signora Skowronnek. « Due minuti potete sedervi, » disse lei « poi devo far da mangiare ». « Quale sarebbe la cosa importante? » indagò. Ma sapeva già in anticipo che la donna non gli avrebbe rivelato nulla. Lei si deliziava della sua curiosità e taceva. Poi ritenne giunto il momento di mandarlo via: « Non mi immischio nei fatti altrui! Andate pure da Frisch! » disse.

E Mendel se ne andò e decise di non entrare da Frisch. Non poteva essere altro che una brutta cosa. Sarebbe arrivata da sé anche troppo presto. Aspettò.

Il pomeriggio però venivano i nipoti di Skowronnek in visita. La signora Skowronnek lo mandò a prendere tre porzioni di gelato alla fragola. Titubante, Mendel entrò nel negozio. Mister Frisch, per fortuna, non c'era. Sua moglie disse: « Mio marito ha da comunicarle qualcosa di molto importante, venga senz'altro nel pomeriggio! ».

Mendel fece finta di non aver sentito. Il suo cuore correva all'impazzata, gli voleva scappar via, lo teneva fermo con tutte e due le mani. Qualcosa di brutto lo minacciava in ogni caso. Voleva dire la verità, Frisch gli avrebbe creduto. Se non gli si credeva, andava in prigione. Bene, non c'era nulla di straordinario. In prigione, sarebbe morto. Non a Zuchnow.

Non riusciva ad allontanarsi dai paraggi della gelateria. Andava su e giù davanti al negozio. Vide tornare il giovane Frisch. Voleva aspettare ancora, ma i suoi piedi corsero da soli nel negozio. Aprì la porta, che mise in movimento uno stridulo campanello, e non trovò più la forza di chiuderla, sicché la suoneria continuava a strepitare e Mendel, stordito, rimaneva prigioniero di quel suo potente strepito, incatenato da quel campanello e incapace di muoversi. Mister Frisch chiuse lui stesso la porta. E nel silenzio che ora subentrò, Mendel sentì Mister Frisch dire a sua moglie: « Svelta, un lampone al selz per Mister Singer! ».

Da quanto tempo non avevano più detto a Mendel « Mister Singer »? Solo in quel momento si accorse che per molto tempo lo avevano chiamato solo « Mendel », per umiliarlo. È uno scherzo malvagio di Frisch, pensò. Tutto il quartiere sa che questo giovanotto è avaro, e lui sa bene che io non pagherò il lampone. Non lo berrò.

« Grazie, grazie, » disse Mendel « non bevo nulla! ».

« Non ci farà questo torto » disse sorridendo la donna.

« A me non farà questo torto » disse il giovane Frisch.

Trascinò Mendel a uno dei tavolini di ghisa dalle gambe sottili e spinse il vecchio in una larga poltrona di vimini. Anche lui si sedette su una comune sedia di legno, l'avvicinò a Mendel e cominciò:

« Ieri, Mister Singer, ero al concerto, come lei sa ». Il cuore di Mendel cessò di battere. Si appoggiò alla spalliera e bevve un sorso per tenersi in vita. « Ora, » continuò Frisch « io ne ho sentita tanta di musica, ma una cosa del genere non c'era mai stata! Trentadue musicisti, capisce, e quasi tutti delle nostre parti. E suonavano melodie ebree, capisce? Il cuore s'intenerisce, ho pianto, tutto il pubblico ha pianto. In chiusura hanno suonato la canzone di Menuchim, Mister Singer, lei la conosce dal fonografo. Una bella canzone, non è vero? ».

Ma che cosa vuole? pensava Mendel. « Sì, sì, una bella canzone ».

« Durante l'intervallo vado dai musicisti. È pieno. Tutti fanno ressa addosso ai musicisti. Ora questo, ora quello trova un amico, e anch'io, Mister Singer, anch'io ».

Frisch fece una pausa. Entrarono persone nel negozio, il campanello trillò.

« Io trovo... » disse Mister Frisch « ma beva, beva, Mister Singer!... Io trovo il mio cugino carnale, Berkovitsch di Kowno. Il figlio di mio zio. E ci baciamo. E ci mettiamo a discorrere. E a un tratto dice Berkovitsch: Conosci qui un vecchio di nome Mendel Singer? ».

Frisch fece un'altra pausa. Ma Mendel Singer non si mosse. Prese atto che un certo Berkovitsch aveva chiesto di un vecchio Mendel Singer.

« Sì, » disse Frisch « gli ho risposto che conosco un Mendel Singer di Zuchnow. È proprio lui, disse Berkovitsch. Il nostro direttore d'orchestra è un grande compositore, ancora giovane e un genio, sono suoi la maggior parte dei pezzi che suoniamo. Si chiama Alexej Kossak ed è anche lui di Zuchnow ».

« Kossak? » ripeté Mendel. « Mia moglie è una Kossak da ragazza. È un parente! ».

« Sì, » disse Frisch « e sembra che questo Kossak la cerchi. Probabilmente le vuol dire qualcosa. E io dovrei chiederle se vuole ascoltarlo. O lei va al suo albergo, o io scrivo a Berkovitsch il suo indirizzo ».

Mendel si sentì sollevato e angosciato allo stesso tempo. Bevve il lampone, si appoggiò alla spalliera e disse: « La ringrazio, Mister Frisch. Ma non è così importante. Questo Kossak mi racconterà tutte quelle tristi cose che già so. E inoltre – voglio dirle la verità: avevo già pensato di consigliarmi con lei. Suo fratello ha un'agenzia per biglietti marittimi, non è vero? Voglio tornare a casa, a Zuchnow. Non è più Russia, il mondo è cambiato. Quanto costa oggi un biglietto per la nave? E che documenti devo fare? Parli con suo fratello, ma non dica nulla a nessuno ».

« M'informerò » rispose Frisch. « Ma sicuramente lei non ha tanto denaro. E alla sua età! Forse questo Kossak le dice qualcosa! Forse la prende con sé. Rimane a New York solo per poco! Devo dare il suo indirizzo a Berkovitsch? Perché, per quanto la conosco io, lei all'albergo non ci va! ».

« No, » disse Mendel « non ci andrò. Gli scriva se vuole ».

Si alzò.

Frisch lo spinse di nuovo nella poltrona. « Un momento, » disse « Mister Singer, ho preso il programma. C'è la fotografia di questo Kossak ». E tirò fuori dal taschino un grande programma, lo spiegò e lo mise davanti agli occhi di Mendel.

« Un bel giovanotto » disse Mendel. Osservava la fotografia. Sebbene l'immagine fosse consunta, la carta sporca e i tratti sembrassero dissolversi in centomila minuscole molecole, balzava viva dal programma davanti agli occhi di Mendel. Voleva restituirla subito e invece la tratteneva e la fissava. Ampia e bianca era la fronte sotto il nero dei capelli, come una pietra liscia battuta dal sole. Gli occhi erano grandi e limpidi. Guardavano diritto Mendel Singer, lui non poteva più liberarsi di loro. Lo rendevano allegro e leggero, così parve a Mendel. Vedeva risplendere la loro intelligenza. Erano vecchi e giovani a un tempo. Tutto sapevano, il mondo vi si rispecchiava. Sembrava quasi a Mendel Singer che, alla vista di questi occhi, lui stesso ringiovanisse, diventasse un giovinetto, non sapesse più nulla di nulla. Tutto doveva apprendere da questi occhi. Li ha già visti, li ha già sognati da ragazzo. Un tempo, quando aveva cominciato a imparare la bibbia, erano gli occhi dei profeti. Uomini ai quali Dio stesso ha parlato, hanno questi occhi. Tutto sanno, nulla tradiscono, la luce è in loro.

A lungo Mendel guardò il ritratto. Poi disse: « Me lo porterò a casa, se lei permette, Mister Frisch ». E ripiegò il foglio e se ne andò.

Girò l'angolo, spiegò il programma, lo guardò e lo ripose. Molto tempo gli parve che fosse passato dal momento in cui era entrato nella gelateria. C'erano in mezzo le due migliaia d'anni che risplendevano negli occhi di Kossak, e gli anni prima dei quali Mendel era stato ancora tanto giovane da potersi immaginare il volto dei profeti. Voleva ritornare sui suoi passi, chiedere della sala da concerto dove suonava l'orchestra e andarci. Ma si vergognò. Entrò nel negozio degli Skowronnek e raccontò che un parente di sua moglie lo cercava in America. E che aveva dato a Frisch il permesso di comunicargli il suo indirizzo.

« Domani sera mangerai da noi, come tutti gli anni » disse Skowronnek. Era la prima vigilia di Pasqua. Mendel annuì. Avrebbe preferito restare nel suo retrobottega, conosceva gli sguardi obliqui della signora Skowronnek e le sue mani calcolatrici con le quali gli dava la sua porzione di minestra e di pesce. È l'ultima volta, pensò. Da qui a un anno sarò a Zuchnow: vivo o morto; meglio morto.

Fu il primo degli ospiti ad arrivare la sera seguente, ma si sedette a tavola per ultimo. Arrivò per tempo, per non offendere la signora Skowronnek, prese posto tardi per far vedere che si riteneva il più insignificante fra i presenti. Sedevano già tutti intorno alla tavola: la padrona di casa, le due figlie di Skowronnek coi loro mariti e figli, uno straniero viaggiatore in articoli musicali e Mendel. Sedeva all'estremità della tavola, dove era stata messa un'asse piallata per allungarla. Mendel non si preoccupava soltanto che la pace regnasse, ma anche dell'equilibrio fra il piano del tavolo e il suo artificioso prolungamento. Con una mano teneva ferma l'estremità dell'asse, quando ci si doveva posare sopra un piatto o una zuppiera. Sei grosse candele, bianche come neve, ardevano in sei candelieri d'argento sulla tovaglia bianca come neve, il cui splendore inamidato rifletteva le sei fiamme. Come bianche e argentee sentinelle di uguale statura le candele stavano davanti a Skowronnek, il padrone di casa, che in camiciotto bianco sedeva su un cuscino bianco, appoggiandosi a un altro cuscino, un re immacolato su un trono immacolato. Quanto tempo era passato da quando Mendel nello stesso abbigliamento, nello stesso modo, aveva presieduto alla mensa e alla festività? Oggi sedeva curvo e fiaccato nel suo vestito dai riflessi verdognoli all'estremità della tavola, il più insignificante fra i presenti, tutto compreso della propria modestia e misero puntello della festa. I pani azzimi erano celati da una salvietta bianca, una piccola collina di neve accanto al verde umoroso dei cavoli, al rosso cupo delle barbabietole e al giallo acerbo delle radici di rafano. I libri con i racconti dell'esodo degli ebrei dall'Egitto stavano spalancati davanti a ogni ospite. Skowronnek prese a cantare la leggenda e tutti ripeterono le sue parole, lo raggiunsero e cantarono all'unisono, in coro, questa dolce e soddisfatta melodia, una enumerazione cantata dei singoli miracoli, che venivano addizionati sempre daccapo e sempre daccapo davano come risultato gli stessi attributi di Dio: la grandezza, la bontà, la misericordia, la benevolenza per Israele e la collera contro Faraone. Perfino il viaggiatore in articoli musicali, che non sapeva leggere la Scrittura e non capiva gli usi, non poté sottrarsi alla melodia, che a ogni nuova frase lo corteggiava, lo irretiva e l'accarezzava, sicché cominciò anche lui a canterellarla con gli altri senza accorgersene. E perfino l'animo di Mendel essa dispose favorevolmente verso il cielo, che quattromila anni prima aveva con generosità dispensato lieti miracoli, e fu come se, in virtù dell'amore di Dio per il popolo intero, Mendel fosse quasi riconciliato col suo piccolo destino. Ancora non cantava, Mendel Singer, ma il suo busto oscillava avanti e indietro, cullato dal canto degli altri. Sentiva i nipoti di Skowronnek cantare con voci limpide e si rammentò delle voci dei propri figli. Vedeva ancora il povero Menuchim sulla insolita sedia rialzata, alla tavola della festa. Solamente il padre, durante il canto, aveva gettato di tanto in tanto uno sguardo fugace sul figlio più piccolo e più misero, aveva visto la luce sonnecchiante nei suoi occhi stolidi e sentito come il piccolo invano si sforzasse di comunicare ciò che gli suonava dentro e di cantare ciò che udiva. Era l'unica sera dell'anno in cui Menuchim portava un abito nuovo come i suoi fratelli e il colletto bianco della camicia con i ricami colore rosso mattone, un bordo festoso attorno al suo floscio doppio mento. Quando Mendel gli porgeva il vino, lui beveva avidamente il mezzo bicchiere tutto d'un fiato, ansava e sbuffava e contraeva il viso in un fallito tentativo di ridere o di piangere: chi poteva saperlo.

A questo pensava Mendel mentre si cullava nel canto degli altri. Vide che erano già molto avanti, saltò un paio di pagine e si accinse ad alzarsi a sgombrare dai piatti l'angolo della tavola perché non succedesse un malanno nel caso vi togliesse la mano. Si avvicinava infatti il momento in cui si riempiva di vino il calice rosso e si apriva la porta per far entrare il profeta Elia. Già il bicchiere rosso scuro era in attesa, le sei luci si specchiavano sulla sua superficie rotonda. La signora Skowronnek sollevò la testa e guardò Mendel. Egli si alzò, ciabattò fino alla porta e l'aprì. Skowronnek cantava ora l'invito al profeta. Mendel aspettò che fosse finito, perché non voleva fare due volte la strada. Poi chiuse la porta, si rimise a sedere, puntò il pugno a sostegno della tavola e il canto proseguì.

Dopo neanche un minuto che Mendel si era rimesso a sedere, bussarono. Tutti sentirono bussare, ma tutti pensarono di essersi sbagliati. Quella sera gli amici erano a casa, le viuzze del quartiere erano deserte. A quell'ora non era possibile una visita. Era sicuramente il vento che bussava. « Mendel, » disse la signora Skowronnek « non avete chiuso bene la porta ». In quel momento bussarono un'altra volta, distintamente e più a lungo. Tutti restarono impietriti. L'odore delle candele, il vino bevuto, l'insolita luce gialla e l'antica melodia avevano portato grandi e piccini così prossimi all'attesa di un miracolo che il loro respiro per un momento si fermò ed essi si guardarono l'un l'altro pallidi e confusi, come per chiedersi se davvero il profeta non chiedesse di entrare. Così restarono in silenzio e nessuno osava muoversi. Finalmente si mosse Mendel. Ancora una volta spinse i piatti nel mezzo. Ancora una volta ciabattò fino alla porta e aprì. Ed ecco nell'andito semibuio uno sconosciuto, alto di statura, che augurò la buona sera e chiese se poteva entrare. Skowronnek si alzò con una certa fatica dai suoi cuscini. Andò alla porta, osservò lo sconosciuto e disse: please! – come aveva imparato in America. Lo sconosciuto entrò. Portava un cappotto scuro, il bavero era alzato, il cappello se lo tenne, evidentemente per rispetto della festa in mezzo a cui era capitato e perché tutti gli uomini presenti sedevano col capo coperto.

« È un uomo distinto » pensò Skowronnek. E senza dire una parola sbottonò il cappotto al forestiero. L'uomo s'inchinò e disse: « Mi chiamo Alexej Kossak. Mi scuso. Mi scuso molto. Mi hanno detto che da loro si trova un certo Mendel Singer di Zuchnow. Vorrei parlargli ».

« Sono io » disse Mendel, si accostò all'ospite e alzò la testa. La sua fronte arrivava alle spalle del forestiero. « Signor Kossak, » continuò Mendel « ho già sentito parlare di lei. Lei è un parente ».

« Si levi il cappotto e si sieda a tavola con noi » disse Skowronnek.

La signora Skowronnek si alzò. Tutti si restrinsero per far posto al forestiero. Il genero di Skowronnek mise un'altra sedia accanto alla tavola. Il forestiero attaccò il cappotto a un chiodo e si sedette di fronte a Mendel. Fu messo un bicchiere di vino davanti all'ospite. « Non si disturbino per me, » fece Kossak « continuino pure a pregare ».

Continuarono. Silenzioso, la figura sottile, sedeva l'ospite al suo posto. Mendel l'osservava senza sosta. Instancabile Alexej Kossak guardava Mendel Singer. Così sedevano l'uno di fronte all'altro, avvolti nel canto degli altri, ma da loro separati.

Faceva piacere a tutti e due di non potersi ancora parlare a causa degli altri. Mendel cercava gli occhi del forestiero. Se Kossak li abbassava, il vecchio aveva la sensazione di dover pregare l'ospite di tenerli aperti. In questo viso tutto era estraneo a Mendel Singer, solo gli occhi dietro le lenti non cerchiate gli erano vicini. Verso di essi vagava sempre daccapo il suo sguardo, come in un ritorno a casa, dall'estraneo paesaggio del viso sottile, pallido e giovane, verso luci familiari che ardono dietro le finestre. Sottili, serrate e glabre erano le labbra. Se fossi suo padre, pensò Mendel, gli direi:

« Sorridi, Alexej ». Piano piano tirò fuori dalla tasca il programma, lo spiegò sotto il tavolo per non disturbare gli altri e lo porse all'ospite. Questi lo prese e sorrise, appena, dolcemente e solo per un secondo.

Il canto s'interruppe, cominciò il pranzo, la signora Skowronnek mise davanti all'ospite un piatto di minestra calda e il signor Skowronnek lo pregò di mangiare con loro. Il viaggiatore in articoli musicali iniziò con Kossak un discorso in inglese di cui Mendel non capì un bel nulla. Poi il viaggiatore spiegò a tutti che Kossak era un giovane genio, restava soltanto una settimana ancora a New York e si sarebbe permesso di mandare ai presenti dei biglietti gratuiti per il concerto della sua orchestra. Altri discorsi non si poterono avviare. Ci si avvicinava alla fine della solennità mangiando con fretta poco solenne, e un boccone su due era accompagnato da una parola gentile del forestiero o dei suoi ospiti. Mendel non parlava. Per compiacere la signora Skowronnek mangiava ancora più in fretta degli altri, per non essere causa di ritardi. E tutti salutarono la fine del pranzo e continuarono con fervore a cantare i miracoli. Skowronnek accelerò sempre più il ritmo, le donne non riuscivano a seguirlo. Quando però arrivò ai salmi, mutò la voce, il tempo, la melodia, e tanto suggestive risonarono le parole ora cantate che persino Mendel alla fine di ogni strofa ripeteva « alleluia, alleluia ». Scuoteva la testa e così la sua folta barba strisciava sulle pagine aperte del libro lasciando intendere un tenue fruscio, come se la barba di Mendel volesse partecipare alla preghiera, visto che la bocca di Mendel era così restia a far festa.

Ormai stavano per finire. Le candele erano arse a metà, la tavola non era più bell'ordinata e festiva, sulla tovaglia bianca si vedevano macchie e resti di cibo, e i nipoti di Skowronnek sbadigliavano già. Si fermarono alla fine del libro. Skowronnek pronunciò ad alta voce l'augurio tradizionale: « L'anno prossimo a Gerusalemme! ». Tutti lo ripeterono, chiusero i libri e si volsero all'ospite. Ora toccava a Mendel far domande al visitatore. Il vecchio si schiarì la gola, sorrise e disse: « Dunque, signor Alexej, cosa mi voleva raccontare? ».

A mezza voce il forestiero cominciò: « Voi avreste da tempo mie notizie, signor Mendel Singer, se avessi avuto il vostro indirizzo. Ma dopo la guerra nessuno lo sapeva più. Il genero di Billes, il sonatore, è morto di tifo, la vostra casa a Zuchnow era vuota, la figlia di Billes se n'era andata dai suoi genitori che allora abitavano già a Dubno, e a Zuchnow, nella vostra casa, c'erano dei soldati austriaci. Dopo la guerra ho scritto quaggiù al mio manager, ma questi non è stato abbastanza abile, mi ha risposto che non si riusciva a trovarvi ».

« Mi dispiace per il genero di Billes! » disse Mendel Singer, e intanto pensava a Menuchim.

« E ora, » continuò Kossak « ho una notizia piacevole ». Mendel alzò la testa. « Ho comprato la vostra casa dal vecchio Billes, davanti a testimoni e sulla base di una stima giudiziaria. E questo denaro voglio pagarlo a voi ».

« Quanto farebbe? » chiese Mendel.

« Trecento dollari! » disse Kossak.

Mendel si portò la mano alla barba e vi passò le dita tremanti allargate a pettine. « La ringrazio! » disse.

« E in quanto a vostro figlio Jonas, » continuò Kossak « è disperso dal 1915. Nessuno sapeva dire qualcosa di lui. Né a Pietroburgo, né a Berlino, né a Vienna, né alla Croce Rossa Svizzera. Ho chiesto e fatto chiedere dappertutto. Ma due mesi fa ho incontrato un giovane di Mosca. Aveva appena passato il confine polacco da fuggiasco, perché, come sapete, ora Zuchnow appartiene alla Polonia. E questo giovane era stato compagno di reggimento di Jonas. Mi ha detto di aver sentito una volta, per un caso, che Jonas è vivo e combatte nell'armata delle guardie bianche. Certo, è diventato molto difficile sapere qualcosa di lui. Ma voi non dovete ancora perdere la speranza ».

Mendel stava per aprire bocca e chiedere di Menuchim. Ma il suo amico Skowronnek che, prevedendo la domanda di Mendel, dava per sicura una triste risposta e si sforzava di evitare per quella sera discorsi spiacevoli o almeno di rimandarli finché poteva, prevenne il vecchio e disse: « Allora, signor Kossak, visto che abbiamo il piacere di avere fra noi un grand'uomo come lei, ci procurerà forse anche la gioia di raccontarci qualcosa della sua vita. Come ha fatto a superare la guerra, la rivoluzione e tutti i pericoli? ».

Il forestiero evidentemente non si era aspettato questa domanda, perché non rispose subito. Abbassò gli occhi come uno che si vergogni o che debba riflettere, e rispose solo dopo un bel po': « Le mie esperienze non sono niente di particolare. Da bambino sono stato molto tempo malato, mio padre era un povero maestro come il signor Mendel Singer, con la cui moglie sono imparentato. (Ora non è il momento di spiegare meglio la parentela). In breve, a causa della mia malattia e siccome eravamo poveri, fui mandato in un istituto medico pubblico in una grande città. Mi curarono bene, un medico mi si affezionò in modo particolare, io guarii e il dottore mi tenne in casa sua. Là, » a questo punto Kossak abbassò la voce e il capo ed era come se parlasse alla tavola, sicché tutti trattennero il fiato per sentirlo bene « là un giorno mi sedetti al pianoforte e suonai alcune canzoni di testa mia. E la moglie del dottore scrisse le note delle mie canzoni. La guerra fu la mia fortuna. Perché passai alla musica militare e diventai direttore di un'orchestra, rimasi tutto il tempo a Pietroburgo e suonai un paio di volte alla presenza dello Zar. Dopo la rivoluzione la mia orchestra venne con me all'estero. Un paio ci abbandonarono, in compenso se ne aggiunsero un paio di nuovi, a Londra facemmo un contratto con un'agenzia e così è nata la mia orchestra ».

Erano ancora tutti in ascolto benché l'ospite avesse smesso da un po' di raccontare. Ma le sue parole continuavano ad aleggiare nella stanza e solo adesso scesero sull'uno e l'altro di loro. Kossak parlava il gergo degli ebrei con molti errori, mescolava nel suo racconto mezze frasi russe, e gli Skowronnek e Mendel non le capivano singolarmente ma solo nell'intero contesto. I generi di Skowronnek, che erano venuti in America da piccoli, non capirono neanche la metà e si fecero tradurre in inglese, dalle loro mogli, il racconto del forestiero. Il viaggiatore in articoli musicali ripeté quindi la biografia di Kossak per imprimersela in mente. Le candele ancora accese non erano ormai che dei mozziconi nei candelieri, nella stanza si faceva buio, i nipoti dormivano sulle seggiole con le testoline reclinate, ma nessuno faceva mostra di volersene andare, anzi, la signora Skowronnek corse perfino a prendere due candele nuove, le appiccicò sui vecchi mozziconi e così riaprì da capo la serata. Il suo antico rispetto per Mendel Singer si risvegliò. Questo ospite, che era un grand'uomo, che aveva suonato davanti allo Zar, che portava un ragguardevole anello al dito mignolo e una perla sulla cravatta, che vestiva un abito di buona stoffa europea – lei se ne intendeva perché suo padre era stato commerciante di stoffe –, quest'ospite non poteva andare con Mendel nel retrobottega. Anzi, con grossa sorpresa di suo marito disse: « Mister Singer! È una fortuna che lei oggi sia venuto da noi. Di solito, » e si rivolse a Kossak « è così schivo e delicato che rifiuta tutti i miei inviti. Eppure in casa nostra è come il figlio più anziano ». Skowronnek la interruppe: « Facci un altro tè! ». E mentre lei si alzava disse a Kossak: « Noi tutti conosciamo già da tempo le sue canzoni, la "Canzone di Menuchim" è sua, non è vero? ». « Sì » disse Kossak. « È mia ». Sembrò che questa domanda non gli riuscisse gradita. Dette una rapida occhiata a Singer e chiese: « Sua moglie è morta? ». Mendel annuì. « E a quanto so, lei ha una figlia, vero? ». Invece di Mendel rispose Skowronnek: « Purtroppo s'è ammalata di mente per la morte della madre e del fratello Sam ed è in manicomio ». Il forestiero chinò nuovamente la testa. Mendel si alzò e uscì.

Voleva chiedere di Menuchim ma non ne aveva il coraggio. La risposta la conosceva di già. Lui stesso si metteva nei panni del forestiero e si rispondeva: « Menuchim è morto ormai da tanto tempo. È miseramente perito ». S'imprimeva in mente questa frase, assaporava in anticipo tutta la sua amarezza per poi, se dovesse realmente udirla, potersi conservare calmo. E siccome nel fondo del suo cuore sentiva ancora germogliare una timida speranza, cercava di ucciderla. Se Menuchim fosse vivo – si diceva – il forestiero me l'avrebbe raccontato fin da principio. No! Menuchim è morto ormai da tanto tempo. Ora glielo domanderò, perché finisca questa stupida speranza! – Ma seguitava a non domandare. Si concesse una pausa, e la rumorosa attività della signora Skowronnek, che era occupata in cucina con la teiera, gli dette motivo di lasciare la stanza per aiutare la padrona di casa com'era solito fare.

Ma oggi lei lo rimandò indietro. Aveva trecento dollari e un parente distinto. « Non è cosa da voi, Mister Mendel » disse. « Non lasciate solo il vostro ospite! ». Del resto aveva già finito. Coi bicchieri colmi di tè sul largo vassoio entrò nella stanza, seguita da Mendel. Il tè fumava. Mendel era finalmente deciso a chiedere di Menuchim. Anche Skowronnek sentiva che la domanda non si poteva più differire. Preferì chiedere lui stesso: il suo amico Mendel, oltre al dolore che gli avrebbe procurato la risposta, non doveva per giunta accollarsi lo strazio di chiedere.

« Il mio amico Mendel aveva anche un povero figliolo malato, di nome Menuchim. Che ne è stato di lui? ».

Di nuovo il forestiero non rispose. Rimestava col cucchiaio sul fondo del bicchiere, scioglieva lo zucchero e, quasi volesse leggere la risposta dal tè, fissava il bicchiere marroncino e, col cucchiaio sempre fra il pollice e l'indice, muovendo pian piano la bruna mano affusolata, finalmente disse con voce inaspettatamente alta, come per un'improvvisa decisione:

« Menuchim è vivo! ».

Non ha il suono di una risposta, è un grido. Immediatamente dopo scoppia una risata dal petto di Mendel Singer. Tutti sono spaventati e fissano il vecchio. Mendel siede appoggiato indietro alla sedia, ride e si scuote tutto. Le sue spalle sono così curve che non aderiscono alla spalliera. Fra questa e la vecchia nuca di Mendel (peluzzi bianchi s'arricciano sul collo consunto dell'abito) c'è una discreta distanza. La lunga barba di Mendel si agita, sventola quasi come una bandiera bianca e sembra ridere anch'essa. Dal petto di Mendel, volta a volta, ora il riso rimbomba, ora stride sommesso. Tutti sono spaventati, Skowronnek si alza con qualche fatica dai soffici cuscini e, impacciato dal lungo camiciotto bianco, gira intorno alla tavola, si avvicina a Mendel, si china su di lui e prende con tutte e due le mani quelle di Mendel. Allora il riso di Mendel si muta in pianto, singhiozza e le lacrime scorrono dai vecchi occhi semivelati nella folta barba incolta, si perdono nell'arruffato groviglio, altre restano a lungo, tonde e piene come gocce di vetro, sospese ai peli.

Finalmente Mendel è calmo. Guarda diritto Kossak e ripete: « Menuchim è vivo? ».

Il forestiero guarda tranquillamente Mendel e dice: « Menuchim è vivo, è guarito, sta addirittura bene! ».

Mendel giunge le mani, le solleva più alte che può, verso il soffitto. Vorrebbe alzarsi. Ha la sensazione che ora dovrebbe alzarsi, raddrizzarsi, crescere, diventare sempre più alto, più grande della casa e con le mani toccare il cielo. Non riesce più a staccare le mani giunte. Guarda Skowronnek e il vecchio amico sa che cosa ha adesso da domandare, al posto di Mendel.

« Dov'è Menuchim ora? » chiede Skowronnek.

E lentamente risponde Alexej Kossak:

« Io sono Menuchim ».

Tutti si alzano di scatto dalle sedie, i bambini, che già stavano dormendo, si svegliano e scoppiano in pianto. Mendel stesso si alza in piedi con tale impeto che dietro a lui la sedia si rovescia con gran fracasso. Va, corre, si precipita, salta verso Kossak, l'unico che è rimasto a sedere. C'è un gran subbuglio nella stanza. Le candele cominciano a vacillare, quasi fossero a un tratto investite da una folata di vento. Sulle pareti si agitano le ombre delle persone in piedi. Mendel cade in ginocchio davanti a Menuchim seduto, cerca con bocca ansiosa e barba che sventola le mani di suo figlio, le sue labbra baciano dove capita, i ginocchi, le cosce, il panciotto di Menuchim. Mendel si alza di nuovo, solleva le mani e, come se fosse diventato cieco all'improvviso, comincia a tastare con dita smaniose il volto di suo figlio. Le vecchie dita torpide passano rapide sui capelli di Menuchim, sulla larga fronte liscia, sulle fredde lenti degli occhiali, sulle sottili labbra serrate. Menuchim siede tranquillo e immobile.

Tutti i presenti circondano Menuchim e Mendel, i bambini piangono, le candele vacillano, le ombre sulla parete si concentrano in nuvole dense. Nessuno parla.

Finalmente risuona la voce di Menuchim: « Alzati, babbo! » dice, prende Mendel sotto le ascelle, lo solleva e se lo mette sulle ginocchia, come un bambino. Gli altri si scostano di nuovo. Ora Mendel siede sulle ginocchia di suo figlio, sorride intorno a ognuno, guardandolo in faccia. Bisbiglia: « Il dolore lo farà saggio, la deformità buono, l'amarezza mite e la malattia forte ». Deborah l'ha detto. Sente ancora la sua voce.

Skowronnek lascia la tavola, si leva il camiciotto bianco, si mette il cappotto e dice: « Ritorno subito! ». Dove va Skowronnek? Non è ancora tardi, appena le undici, gli amici siedono ancora a tavola. Va di casa in casa, da Groschel, Menkes e Rottenberg. Si trovano ancora tutti a tavola. « È successo un miracolo! Venite da me a vedere! ». Porta tutti e tre da Mendel. Per strada incontrano la figlia di Lemmel, che ha accompagnato i suoi ospiti. Le raccontano di Mendel e Menuchim. Il giovane Frisch, che va ancora un po' a passeggio con la moglie, sente anche lui la novità. Così alcuni vengono a sapere che cosa è successo. Da basso, davanti alla casa di Skowronnek, c'è, a riprova, l'automobile con la quale è venuto Menuchim. Un paio di persone aprono le finestre e la vedono. Menkes, Groschel, Skowronnek e Rottenberg entrano in casa. Mendel va loro incontro e muto stringe ad essi le mani.

Menkes, il più assennato di tutti, prese la parola: « Mendel, » disse « siamo venuti a vederti nella tua felicità, come ti abbiamo visto nell'infelicità. Ti rammenti com'eri abbattuto? Noi ti consolavamo, ma sapevamo che era tutto inutile. Ora sperimenti su te stesso un miracolo. Come allora eravamo tristi insieme con te così oggi, insieme con te, godiamo. Grandi sono i miracoli che l'Eterno compie ancora oggi, come alcune migliaia di anni fa. Lodato sia il Suo nome! ». Tutti erano in piedi. Le figlie di Skowronnek, i bambini, i generi e il viaggiatore in articoli musicali erano già col soprabito addosso e si accomiatarono. Gli amici di Mendel non si sedettero perché erano venuti solo per congratularsi. Più piccolo di tutti, con le spalle curve, il vestito dai riflessi verdognoli, Mendel stava in mezzo a loro, come un umile re travestito. Doveva allungare il collo per vederli in faccia. « Vi ringrazio » disse. « Senza il vostro aiuto non avrei vissuto quest'ora. Guardate il mio figliolo! ». Lo indicava con la mano come se l'uno o l'altro degli amici non potesse esaminare Menuchim in modo adeguato. I loro occhi palparono la stoffa del vestito, la cravatta di seta, la perla, le mani sottili e l'anello. Poi dissero: « Un nobile giovane! Si vede che è qualcuno! ».

« Io non ho casa » disse Mendel a suo figlio. « Tu vieni da tuo padre e io non so dove metterti a dormire ».

« Vorrei portarti con me, babbo » rispose il figlio. « Non so se puoi venire in macchina, perché è giorno di festa ».

« Può » dissero tutti come da una sola bocca.

« Credo di poter venire in macchina con te » disse Mendel. « Gravi peccati ho commesso, il Signore ha chiuso gli occhi. Un *isprawnik* io l'ho chiamato. Lui si è tappato gli orecchi. È così grande, che la nostra cattiveria diventa piccolissima. Io posso venire in macchina con te ».

Tutti accompagnarono Mendel alla macchina. Qua e là alle finestre erano affacciati vicini e vicine e guardavano giù. Mendel prese le sue chiavi, aprì un'altra volta il negozio, andò nel retrobottega e staccò dal chiodo il sacchetto di velluto rosso. Ci soffiò sopra per levargli la polvere, tirò giù la saracinesca, chiuse e dette le chiavi a Skowronnek. Col sacchetto in braccio salì in macchina. Il motore crepitò. I fari si accesero. Qua e là, dalle finestre, voci gridarono: « Arrivederci, Mendel ». Mendel Singer prese Menkes per la manica e disse: « Domani, alla preghiera, farai sapere che regalo trecento dollari per i poveri. Addio! ».

E a fianco di suo figlio andò nella quarantaquattresima, angolo Broadway, all'hotel Astor.

XVI

Misero e curvo, col vestito dai riflessi verdognoli, il sacchetto di velluto rosso in braccio, Mendel Singer entrò nella hall, osservò la luce elettrica, il portiere biondo, il busto bianco di un dio sconosciuto davanti all'accesso alle scale e il negro tutto nero che voleva prendergli il sacchetto. Salì nell'ascensore e si vide nello specchio accanto a suo figlio: chiuse gli occhi perché si sentiva girare la testa. Era già morto, si librava nel cielo, il viaggio non aveva fine. Il figlio lo prese per la mano, l'ascensore si fermò, Mendel attraversò su un tappeto silenzioso un lungo corridoio. Aprì gli occhi solo quando fu nella stanza. Com'era sua abitudine, andò subito alla finestra. Allora vide per la prima volta, da vicino, la notte americana, il cielo arrossato, lettere, immagini e segni fiammeggianti, sfavillanti, gocciolanti, incandescenti, rossi, azzurri, verdi, d'oro, d'argento. Sentì il rumoroso canto dell'America, sirene, clacson, rimbombi, scampanellii, stridori, cigolii, fischi e ululi. Dirimpetto alla finestra dove era appoggiato Mendel appariva ogni cinque secondi il faccione ridente di una ragazza, fatto tutto di una cascata di puntini e di faville, l'abbagliante dentatura nella bocca aperta era un pezzo d'argento fuso. Incontro a questa faccia si librava un boccale rosso rubino traboccante di spuma, si rovesciava da sé, versava il suo contenuto nella bocca aperta e si allontanava, per ricomparire riempito di nuovo, rosso rubino e traboccante di spuma bianca. Era la réclame di una nuova aranciata. Mendel la guardava ammirato come la più completa rappresentazione della felicità notturna e dell'aurea salute. Sorrise, vide l'immagine apparire e scomparire un paio di volte e si girò poi verso la stanza. Là stava, preparato, il suo letto bianco. In una sedia a dondolo Menuchim si cullava. « Oggi non dormirò » disse Mendel. « Mettiti tu a dormire, io ti starò seduto accanto. Nell'angolo dormivi, a Zuchnow, accanto al focolare ». « Mi ricordo con esattezza di un giorno, » cominciò Menuchim, si levò gli occhiali e Mendel vide gli occhi nudi di suo figlio, tristi e stanchi gli apparvero « mi ricordo di una mattina, il sole è luminosissimo, la stanza vuota. Allora vieni tu, mi sollevi, io sono seduto sopra un tavolo e tu fai tintinnare un bicchiere con un cucchiaio. Era un tintinnio meraviglioso, vorrei poterlo comporre e suonare oggi. Poi tu canti. Allora cominciano a suonare le campane, vecchissime, battono come grossi pesanti cucchiai su giganteschi bicchieri ». « Continua, continua, » disse Mendel. Anche lui si ricordava bene di quel giorno, quando Deborah era uscita di casa a preparare il viaggio per andare da Kapturak. « Questo è l'unico ricordo di quei tempi! » disse il figlio. « Poi viene l'epoca in cui il genero di Billes, il violinista, suona. Ogni giorno, credo, suona. Smette di suonare, ma io lo sento sempre, tutto il giorno, tutta la notte ». « Continua, continua! » insisteva Mendel nel tono col quale aveva sempre spronato i suoi allievi a imparare.

« Poi per lungo tempo, nulla! Poi un giorno vedo un grande incendio rosso e azzurro. Mi stendo sul pavimento. Striscio fino alla porta. A un tratto qualcuno mi solleva di strappo e mi spinge, io corro. Sono fuori, la gente sta sull'altro lato della via. Fuoco! grida una voce, che esce da me! ». « Continua, continua! » insisteva Mendel. « Non so più nulla. Mi dissero in seguito che ero stato a lungo malato e senza coscienza. Mi ricordo solo dei tempi di Pietroburgo, una sala bianca, letti bianchi, molti bambini nei letti, un armonium o un organo suona e io canto a voce spiegata. Poi il dottore mi porta in macchina a casa. Una donna alta, bionda, con un vestito azzurro chiaro suona il pianoforte. Si alza. Io mi avvicino ai tasti, suonano quando li tocco. A un tratto suono le canzoni dell'organo e tutto quello che so cantare ». « Continua, continua! » insisteva Mendel. « Non saprei nient'altro che mi riguardi più da vicino di quei due o tre giorni. Mi ricordo della mamma. Accanto a lei provavo un senso di calore e di morbidezza, credo che avesse una voce molto profonda e la sua faccia era molto grande e rotonda, come tutto un mondo ». « Continua, continua! » diceva Mendel. « Di Mirjam, di Jonas, di Schemarjah non mi ricordo. Di loro ho sentito parlare solo molto più tardi, dalla figlia di Billes ».

Mendel sospirò. « Mirjam » ripeté. Se la vedeva davanti, col suo scialle giallo oro, i capelli neri quasi blu, agile e lesta, una giovane gazzella. Aveva i suoi occhi, lei. « Un cattivo padre sono stato » disse Mendel. « Ho trattato male te e lei. Ora è perduta, non c'è medicina che possa aiutarla ». « Andremo da lei » disse Menuchim. « Io stesso, babbo, non sono forse guarito? ».

Sì, Menuchim aveva ragione. L'uomo è incontentabile, si disse Mendel. Non appena ha vissuto un miracolo, già vuole vedere il prossimo. Aspettare bisogna,

Mendel Singer, aspettare! Guarda solo che cosa ne è venuto fuori da Menuchim, il povero minorato. Sottili sono le sue mani, intelligenti i suoi occhi, tenere le sue guance.

« Va' a dormire, babbo! » disse il figlio. Si chinò sul pavimento e sfilò a Mendel Singer i vecchi stivali. Guardò le suole rotte, col bordo dentellato, la tomaia gialla rattoppata, i gambali consunti, i calzini pieni di buchi, i calzoni sfrangiati. Spogliò il vecchio e lo mise a letto. Poi uscì dalla stanza, prese un libro dalla sua valigia, ritornò dal padre, si mise nella sedia a dondolo accanto al letto, accese la piccola lampada verde e cominciò a leggere. Mendel faceva finta di dormire. Sbirciava attraverso una sottile fessura tra le palpebre. Suo figlio mise via il libro e disse: « Tu pensi a Mirjam, babbo! Le faremo visita. Chiamerò dei medici. La guariranno. È ancora giovane! Addormentati! ». Mendel chiuse gli occhi, ma non si addormentò. Pensava a Mirjam, sentiva gli insoliti rumori del mondo, attraverso le palpebre chiuse percepiva le fiamme notturne nel cielo chiaro. Non dormiva, ma stava bene, si riposava. Con la mente desta stava adagiato nel sonno e aspettava il mattino.

Il figlio gli preparò il bagno, lo vestì, lo mise in macchina. Viaggiarono a lungo, per strade rumorose, lasciarono la città, arrivarono su una strada lunga e larga ai cui margini c'erano alberi in fiore. Il motore ronzava forte, nel vento ondeggiava la barba di Mendel. Taceva. « Vuoi sapere dove andiamo, babbo? » chiese il figlio. « No! » rispose Mendel. « Non voglio sapere nulla! dove vai, va bene ».

E arrivarono in un mondo dove la soffice sabbia era gialla, l'immenso mare azzurro e tutte le case bianche. Sulla rotonda davanti a una di queste case, a un tavolinetto bianco, sedeva Mendel Singer. Sorseggiava un tè bruno, dorato. Sulle sue spalle curve splendeva il primo tiepido sole di quell'anno. I merli si avvicinavano a lui saltellando. I loro fratelli gorgheggiavano intanto davanti alla rotonda. Le onde del mare sciabordavano con ritmo dolce, regolare, sulla spiaggia. Nel cielo azzurro pallido c'erano un paio di nuvolette bianche. Sotto questo cielo era facile a Mendel credere che un giorno Jonas si sarebbe ritrovato e Mirjam sarebbe tornata a casa « più bella di tutte le donne del mondo », citava fra sé. Lui stesso, Mendel Singer, dopo una lunga vecchiaia passerà nelle braccia della buona morte, circondato da molti nipoti e « sazio di vita », come sta scritto in *Giobbe*. Provò un curioso e anche proibito impulso di togliersi il vecchio berretto di reps di seta e di lasciar splendere il sole sul suo vecchio cranio. E per la prima volta in vita sua Mendel Singer si scoprì la testa di sua spontanea volontà, come aveva fatto solo nell'ufficio e nel bagno. Un vento di primavera mosse i radi peluzzi arricciati sulla sua testa calva, come strane tenere piante.

Così Mendel Singer salutava il mondo.

E un gabbiano saettò, come un argenteo proiettile del cielo, sotto il tetto a padiglione della rotonda. Mendel stette a guardare il suo volo precipitoso e la bianca scia, appena un'ombra, che lasciava nell'aria azzurra.

Allora il figlio disse:

« La settimana prossima vado a San Francisco. Sulla via del ritorno suoniamo ancora dieci giorni a Chicago. Penso, babbo, che fra quattro settimane possiamo partire per l'Europa! ».

« Mirjam? ».

« La vedrò oggi stesso, parlerò coi medici. Tutto andrà bene, babbo. Forse la portiamo via con noi. Forse in Europa guarirà! ».

Ritornarono in albergo. Mendel andò nella stanza di suo figlio. Era stanco.

« Stenditi sul sofà, dormi un po' » disse il figlio. « Fra due ore sono di ritorno! ».

Mendel si stese obbediente. Sapeva dove andava suo figlio. Dalla sorella andava. Era un uomo meraviglioso, la benedizione posava su di lui, avrebbe fatto guarire Mirjam.

Mendel scorse sulla piccola toeletta una grande fotografia in una cornice color rosso scuro. « Dammi la foto! » pregò.

La guardò a lungo. Vedeva la giovane donna bionda con un abito chiaro, chiaro come il giorno, era seduta in un giardino dove il vento andava a spasso e moveva i cespugli ai margini delle aiuole. Due bambini, un maschio e una femmina, stavano accanto a una carrozzella trainata da un asino, di quelle che si usano in parecchi giardini come veicoli per i piccoli.

« Dio li benedica! » disse Mendel.

Il figlio uscì. Il padre rimase sul sofà, la fotografia la posò piano vicino a sé. Il suo occhio stanco andò vagando per la stanza fino alla finestra. Dal suo sofà molto basso poteva vedere un ritaglio di cielo senza nuvole tutto frastagliato. Riprese la fotografia e la guardò un'altra volta. C'era sua nuora, la moglie di Menuchim, c'erano i nipoti, i figli di Menuchim. Osservando meglio la bambina, gli parve di vedere l'immagine infantile di Deborah. Morta era Deborah, con occhi ignoti, dell'aldilà, forse viveva il miracolo. Riconoscente, Mendel si rammentò del suo giovane tepore che un tempo egli aveva assaporato, delle sue guance rosse, degli occhi socchiusi che avevano scintillato nel buio delle notti d'amore, piccole luci allettanti. Morta Deborah!

Si alzò, spinse una sedia accanto al sofà, mise la fotografia sulla sedia e si distese di nuovo. Mentre si chiudevano lentamente, i suoi occhi trasferivano nel sonno tutta l'azzurra serenità del cielo e la faccia dei nuovi bambini. Accanto a loro affioravano dallo sfondo marrone del ritratto Jonas e Mirjam. Mendel si addormentò. E si riposò dal peso della felicità e dalla grandezza dei miracoli.

gli Adelphi

VOLUMI PUBBLICATI

1. Milan Kundera, *L'insostenibile leggerezza dell'essere* (14ª ediz.)
2. Konrad Lorenz, *L'anello di Re Salomone* (11ª ediz.)
3. J.R.R. Tolkien, *Lo hobbit* (10ª ediz.)
4. Fritjof Capra, *Il Tao della fisica* (9ª ediz.)
5. Karen Blixen, *Sette storie gotiche* (4ª ediz.)
6. Joseph Roth, *La Cripta dei Cappuccini* (6ª ediz.)
7. Gerald Durrell, *La mia famiglia e altri animali* (8ª ediz.)
8. Robert M. Pirsig, *Lo Zen e l'arte della manutenzione della motocicletta* (9ª ediz.)
9. Jan Potocki, *Manoscritto trovato a Saragozza* (3ª ediz.)
10. Nell Kimball, *Memorie di una maîtresse americana* (3ª ediz.)
11. John G. Neihardt, *Alce Nero parla* (6ª ediz.)
12. Douglas R. Hofstadter, *Gödel, Escher, Bach* (3ª ediz.)
13. Salvatore Satta, *Il giorno del giudizio* (4ª ediz.)
14. Giorgio Colli, *La sapienza greca, I* (3ª ediz.)
15. James Joyce, *Dedalus* (3ª ediz.)
16. René Guénon, *Simboli della Scienza sacra* (3ª ediz.)
17. Georg Groddeck, *Il libro dell'Es* (4ª ediz.)
18. Arthur Schnitzler, *Il ritorno di Casanova* (3ª ediz.)
19. Antonin Artaud, *Eliogabalo*
20. *Vita di Milarepa*, a cura di J. Bacot (3ª ediz.)
21. Milan Kundera, *Lo scherzo* (7ª ediz.)
22. M.P. Shiel, *La nube purpurea* (2ª ediz.)
23. René Daumal, *Il Monte Analogo* (3ª ediz.)
24. Konrad Lorenz, *L'altra faccia dello specchio* (4ª ediz.)
25. Elias Canetti, *La lingua salvata* (5ª ediz.)
26. Roberto Calasso, *Le nozze di Cadmo e Armonia* (6ª ediz.)
27. Georges Simenon, *L'uomo che guardava passare i treni* (7ª ediz.)
28. Joseph Roth, *La milleduesima notte* (4ª ediz.)
29. *Bhagavadgītā*, a cura di A.-M. Esnoul (4ª ediz.)
30. Henry Corbin, *Storia della filosofia islamica*
31. Michel de Montaigne, *Saggi*, due voll. (2ª ediz.)
32. Robert Walser, *Jakob von Gunten*
33. Giorgio Colli, *La sapienza greca, II* (2ª ediz.)
34. Milan Kundera, *La vita è altrove* (5ª ediz.)

35. Douglas R. Hofstadter-Daniel C. Dennett, *L'io della mente* (2ª ediz.)
36. Karl Kraus, *Detti e contraddetti* (2ª ediz.)
37. Georges Simenon, *Betty* (4ª ediz.)
38. Joseph Roth, *Giobbe* (4ª ediz.)
39. Guido Morselli, *Roma senza papa*
40. Adolf Loos, *Parole nel vuoto* (3ª ediz.)
41. *Zhuang-zi* [*Chuang-tzu*] (3ª ediz.)
42. *Il Cantico dei Cantici*, a cura di Guido Ceronetti (3ª ediz.)
43. Benedetto Croce, *Storia d'Europa nel secolo decimonono*
44. Karen Blixen, *Racconti d'inverno* (3ª ediz.)
45. Jurgis Baltrušaitis, *Il Medioevo fantastico* (2ª ediz.)
46. Glenn Gould, *L'ala del turbine intelligente* (2ª ediz.)
47. Milan Kundera, *L'immortalità* (2ª ediz.)
48. Giorgio Colli, *La sapienza greca, III* (2ª ediz.)
49. *Il diario di Nijinsky*
50. Edwin A. Abbott, *Flatlandia* (3ª ediz.)
51. Georges I. Gurdjieff, *Incontri con uomini straordinari* (2ª ediz.)
52. *I Vangeli gnostici*, a cura di Luigi Moraldi (3ª ediz.)
53. Georges Simenon, *Pietr il Lettone* (2ª ediz.)
54. Fleur Jaeggy, *I beati anni del castigo* (2ª ediz.)
55. Georges Simenon, *L'impiccato di Saint-Pholien* (2ª ediz.)
56. Friedrich Hölderlin, *Le liriche*
57. Aśvaghoṣa, *Le gesta del Buddha*
58. Joseph Roth, *Confessione di un assassino* (2ª ediz.)
59. Marco Polo, *Milione*
60. Gitta Sereny, *In quelle tenebre*
61. Henri-Pierre Roché, *Jules e Jim* (2ª ediz.)
62. Elias Canetti, *Il frutto del fuoco* (2ª ediz.)
63. Georges Simenon, *La ballerina del Gai-Moulin* (2ª ediz.)
64. Roberto Calasso, *La rovina di Kasch*
65. Brantôme, *Le dame galanti*
66. Ingeborg Bachmann, *Tre sentieri per il lago* (2ª ediz.)
67. Milan Kundera, *Amori ridicoli* (4ª ediz.)
68. Georges Simenon, *Il defunto signor Gallet* (2ª ediz.)
69. Djuna Barnes, *La foresta della notte*
70. Herman Melville, *Moby Dick o la Balena* (2ª ediz.)
71. *Tao tê ching*, a cura di J.J.L. Duyvendak (2ª ediz.)
72. Georges Simenon, *Il porto delle nebbie* (2ª ediz.)
73. Emanuele Severino, *Essenza del nichilismo*
74. Robert M. Pirsig, *Lila*
75. Georges Simenon, *Il cane giallo* (2ª ediz.)

76. Karen Blixen, *Ultimi racconti*
77. Elias Canetti, *Il gioco degli occhi*
78. Bruce Chatwin, *Le Vie dei Canti* (3ª ediz.)
79. Oliver Sacks, *Risvegli*
80. *I Ching. Il Libro dei Mutamenti* (2ª ediz.)
81. Georges Simenon, *Il pazzo di Bergerac*
82. Joseph Roth, *Fuga senza fine* (2ª ediz.)
83. Thomas Bernhard, *Perturbamento*
84. Georges Simenon, *Una testa in gioco*
85. Immanuel Kant, *Critica della ragione pura*
86. Aldous Huxley, *La Filosofia Perenne*
87. Robert Hughes, *La riva fatale*
88. Georges Simenon, *La balera da due soldi*
89. *Il libro degli Eroi*, a cura di Georges Dumézil
90. J. M. Jauch, *Sulla realtà dei quanti*
91. Karl Kraus, *Gli ultimi giorni dell'umanità*
92. Georges Simenon, *Un delitto in Olanda*
93. Etty Hillesum, *Diario 1941-1943*
94. Joseph Roth, *La Marcia di Radetzky* (2ª ediz.)
95. Pietro Citati, *Tolstoj*
96. Bruce Chatwin, *Sulla collina nera* (2ª ediz.)
97. Julian Jaynes, *Il crollo della mente bicamerale e l'origine della coscienza*
98. Irenäus Eibl-Eibesfeldt, *Amore e odio*
99. Georges Simenon, *Il Crocevia delle Tre Vedove*
100. Hugo von Hofmannsthal, *Il libro degli amici*
101. Georges Simenon, *Il caso Saint-Fiacre*
102. Colette, *Il puro e l'impuro*
103. Vladimir Nabokov, *Lolita*
104. Georges Simenon, *La casa dei fiamminghi*
105. Franz Werfel, *Una scrittura femminile azzurro pallido*
106. Anna Maria Ortese, *Il cardillo addolorato*

FINITO DI STAMPARE NEL FEBBRAIO 1997
DALLA TECHNO MEDIA REFERENCE S.R.L. - MILANO

Printed in Italy

gli Adelphi
Periodico mensile: N. 38/1992
Registr. Trib. di Milano N. 284 del 17.4.1989
Direttore responsabile: Roberto Calasso